LA MOITIÉ GAUCHE DE LA LUNE

L'auteur

Marie-Sabine Roger est née en 1957 à Bordeaux et vit actuellement à Nîmes. Après avoir été enseignante en maternelle pendant une dizaine d'années, elle se consacre entièrement à l'écriture. Elle rencontre régulièrement enfants, adolescents et adultes dans les écoles primaires, collèges, bibliothèques et I.U.F.M.

Marie-Sabine ROGER

La moitié gauche de la lune

POCKET
jeunesse

Loi n° 49-956 du 16 juillet 1949 sur les publications
destinées à la jeunesse : août 2002.

ISBN 2-266-11195-7

I

Le type prend toute la place, le coude au beau milieu de l'accoudoir. Il lit son journal, déplié bien large, en reniflant toutes les cinq minutes. Il a posé son ventre sur ses cuisses, étendu ses jambes autant qu'il le pouvait, devant lui. Fanny se dit que si elle voulait poser son bras sur l'accoudoir elle aussi, il faudrait qu'elle le frôle, ce type. Mais rien que d'y penser, ça la met mal à l'aise. Seulement, si elle avait envie de faire pipi, ou d'aller boire, ou juste envie d'aller griller sa clope dans le couloir, comme ça, il faudrait bien qu'elle le fasse lever. Il faudrait qu'elle passe, en s'excusant.

Et l'inverse au retour.

Fanny se dit également que c'est pas grave, parce que la vie est belle. Le voisin peut bien lui lire sa page des sports presque dans la figure, elle s'en fout.

Elle penche la tête, côté fenêtre, côté rêve. Elle sourit pour elle, en égoïste, et regarde les champs s'enfuir, les routes et les chemins se bousculer, se pousser l'un l'autre en arrière. Une lune pâle, qui s'est levée par mégarde en plein jour, la suit. Lui fait son cinéma de lune, cache-cache les arbres, saute-mouton les collines, les ponts. Le train va. Il va sa route de ferraille. Tangue et balance, se penche dans les courbes. De là où elle est, Fanny entrevoit les derniers wagons, quand les virages tournent en rond. Jamais elle n'a vu aussi loin. Aussi loin de chez elle. C'est mieux que sa télé, la vitre : grand écran plat, coins carrés. Pas besoin de zapper, pas la peine. Tout l'intéresse. Tout lui plaît. Elle est libre, Fanny. Elle se l'égrène en chapelet, en perles rondes de collier, juste pour elle, sans le son. *Librelibrelibre.*

En anglais, ça chante encore plus joli, *freefreefree.*

Trop bon.

Ce matin, Fanny s'est levée à l'aurore. Elle a bâillonné son réveil, avant même qu'il ait sonné. Elle n'avait pas beaucoup dormi.

Toute la nuit, elle s'est repassé le film dans sa tête. Version originale. La fuite de Fanny. Les retrouvailles. Fanny et son amour. Fanny en liberté. Cinq minutes avant l'heure, elle a eu cette précaution, main tendue à l'aveugle, pour retarder le réveil. Si tout se passe bien, dans un moment, elle sera loin. Tout se passera bien. Croise les doigts. Elle s'est habillée au jugé, sans bruit, sans allumer sa lampe. Elle a pris le temps de refaire son lit. Superstition. Elle s'est dit, en fermant la porte de la chambre, puis celle de l'appartement, elle s'est dit : voilà, ça y est, maintenant je m'en vais. Je ne vais pas revenir, pas rentrer, plus jamais. Ou alors dans tellement longtemps qu'on sera bien plus tard, et tout aura changé.

Elle a descendu l'escalier à pas de loup nerveux, qui craint le piège, claqué sur sa cheville d'un seul coup. Le piège, ce serait sa mère, réveillée en sursaut, qui surgirait soudain sur le palier, l'appellerait, la voix cassée, penchée par-dessus la rampe du troisième étage : « Fanny ? Mais… Fanny ? Où vas-tu ? Enfin, tu as vu l'heure ? »

Et il faudrait rebrousser chemin, tête basse. Remonter les marches une à une, en lente ascension d'échafaud. Expliquer le sac plein à craquer, le billet de train qu'elle planque depuis deux jours dans son bureau, la lettre d'adieu sur son oreiller.

Ce matin, la mère de Fanny dormait bien, sans doute. Ou mal ? En tout cas elle dormait, puisqu'elle n'a pas bronché. Fanny a poussé la porte en verre, lourde, dans le hall. Parking désert, voitures endormies sous leur parka de givre. Camion des éboueurs, là-bas, qui joue aux percussions dans l'écho des poubelles. Brume d'une aube pâle. Cette impression qu'on a, de vivre au ralenti, quand on se lève au tout petit matin. Fanny a tout photographié, le cœur plein d'adieu à jamais, c'est fini la cité, c'est fini. Je me tire ailleurs. Je me barre des barres, les tours, j'en ai trop fait le tour. Alors, bien l'écouter, le camion des poubelles. En profiter sans ironie une dernière fois. Sentir large et profond l'odeur un peu piquante et sucrée de la fabrique d'à côté, qui crache sa vapeur épaisse et jaune, en boules de coton sali. S'emplir l'œil à ras-bord des milliards de fenêtres, alvéoles de ruche pour l'instant au repos. Elle ne veut pas oublier ça.

Tous ces gens qui dorment, ou s'éveillent, sans se douter un seul instant qu'en bas se joue une cavale.

Fanny s'en va. Fanny s'en va. Elle ne reviendra pas. La la la…

Fanny lève son museau, musaraigne. L'œil vif, le jarret tendu, aux aguets. Petit acarien minuscule entre l'énormité des tours. Elle est fière. Elle remonte à l'épaule le sac de tissu mou.

Elle embrasse, d'un regard sans amour, cette cité des Alouettes, qui bat de l'aile sous le ciel gris. Fanny la quitte sans regret. Juste cette pensée fugace pour ses copines Élodie et Julia, en longeant le bâtiment D. Une pensée plume, légère, comme un mimi doux sur la joue. Bien sûr, elles savent deux ou trois choses. Mais pas tout. Pas l'essentiel : le départ réfléchi, programmé, minuté. La lettre de Loïc, *tu me manques, je t'aime*. Cette envie de rire et de pleurer en la lisant. Sa décision, mûrie au fil de nuits d'une blancheur extrême, à penser, encore et encore.

Alors, en passant au bas de leur immeuble, elle jette aux yeux clos des fenêtres des mots câlins, « salut les filles, pardon pour le secret. Je vous appellerai, promis. Vous allez trop me manquer ».

Ensuite, c'est le trajet interminable, jusqu'à la gare. Bus 23, puis le 12. Entre les deux, la remontée du boulevard des Anciens Combattants. Magasins fermés, volets clos, quelques vagues silhouettes qui traversent le froid, rapides. La vie figée. Les bruits absents. Le passant arrêté au carrefour, qui lui jette un regard machinal. Cet effort, pour ne pas se mettre à courir. Ne pas attirer l'attention. Est-ce que ça se devine, une fugueuse ? À quoi pourrait-on voir qu'elle s'enfuit, que son chemin buissonnier ne la mène pas au lycée, ce matin ? Ni demain. Ni n'importe quel autre jour de la vie qui l'attend.

Pour s'obliger à un pas plus tranquille, elle a sorti son paquet de clopes. La première, elle ne l'avait jamais fumée si tôt. Elle tire deux lattes un peu trop fort, ça lui brûle les lèvres d'un goût âcre. Elle jette la cigarette sans même la fouler au pied, écraser son petit œil rouge. D'un geste agacé, elle essuie ses lèvres, mouillant de salive un kleenex, pour enlever cette saloperie de fiel. Un bonbon à la menthe, trouvé dans sa poche, suffit pour masquer l'amertume. Elle s'y ponce la langue, s'y use le palais, avec rage, faisant rouler d'une joue l'autre le dur caillou de sucre bleu.

Fanny se sent des crampes en boule dans le ventre. La faim, peut-être, ou l'envie de vomir. Ou la trouille. Un peu tout à la fois, sans doute. Elle presse le pas.

Enfin la gare, émergée du brouillard comme un gâteau fantôme. Une grosse meringue sale.

Fanny a composté son billet, vite, vite, comme si ça pouvait accélérer le temps. Puis elle s'est gelée sur le quai, gelée jusqu'au milieu des os, parce qu'elle était arrivée presque une demi-heure en avance. Mais, plutôt que d'aller s'enfumer au buffet de la gare, elle préférait rester dehors, Fanny. À battre la semelle, tant pis. En soufflant sa chaleur entre ses mains serrées, pour réchauffer le bout de son nez rose. Rester dehors, c'était déjà un avant-goût de liberté...

Quand le train est entré en gare, elle a respiré mieux.

Sur son billet, elle a relu pour la dixième fois le numéro du wagon, et celui de la place. Murmuré tout haut, même. *6, 23*. Se souvenir de ces numéros-là. Elle s'est promis que ce serait pour toujours ses deux chiffres porte-bonheur.

Lorsqu'elle est montée, elle a poussé un petit soupir d'aise, parce qu'il faisait chaud, dans ce train. Parce que sa mère n'était pas arrivée en hurlant « Fanny ! » sur le quai, dans un cri à briser les rêves. Parce que le haut-parleur ne l'avait pas trahie, « on demande mademoiselle Fanny Morin au bureau des contrôleurs, mademoiselle Fanny Morin est priée de se présenter au... ».

Elle a placé son sac de voyage au-dessus de sa place. Calé. Bordé. Enfin, elle s'est posée, non, elle s'est laissée tomber sur son fauteuil, avec le sentiment qu'éprouve un taulard en cavale. Évasion réussie. Enfin, réussie jusque-là...

Et quand ce gros type est venu se mettre à côté d'elle, ça ne lui a même pas gâché son plaisir. Pour un peu, elle l'aurait trouvé sympathique. Tout est si bien, quand on se sent heureux.

Maintenant le train roule. Depuis une heure, il roule. Fanny sourit. Elle s'étire à l'économie, à gestes retenus pour cause de voisin, d'inconfort, de fauteuil de devant trop proche d'elle. La climatisation lui fredonne un air chaud, un friselis léger qui nuage la vue, à peine. Fanny froisse un autre papier de bonbon entre ses doigts. Elle a encore le goût glacial de menthe sur la langue. Quand elle respire, c'est froid dans ses narines, et ça pique les yeux. Elle cherche au fond de son sac, au hasard du bazar, au gré du farfouillis, le paquet de biscuits au chocolat. Où c'est qu'il est, dans ce foutoir, encore ? Sous sa main fureteuse, elle retrouve la laine emboulochée de son Pruneau d'amour, son vieux chien en peluche. D'une paume légère, elle câline furtif, en secret, ce grand amour de laine rêche, qui partage ses nuits depuis qu'elle a trois ans. Les biscuits sont au fond d'une poche, en train de s'émietter sur son billet de train. Eh ben voilà, bravo ! Il sera plein de chocolat, si ça continue, mince ! Fanny le range ailleurs, dans la poche intérieure à fermeture Éclair. Entre le pouce et l'index, elle peut sentir, sur le rectangle de carton, le poinçon du contrôleur.

Fanny sort discrètement son portefeuille. Dans un des porte-cartes, bien à l'abri, la photo de Loïc. Toujours le même envol dans sa tête, à peine elle le voit. Le cœur en ascenseur, direction droit au ciel. Elle voudrait poser une bise légère sur le papier glacé, *t'es mon amour. T'es mon amour, je t'aime.* Elle retient le geste, parce qu'elle n'est pas seule. Elle n'a pas peur de se sentir idiote, sous le regard des autres, non. Mais Loïc et elle, c'est privé. Alors, le baiser retenu n'est qu'une moue imperceptible. La photo rentre au nid, simplement caressée d'un doigt.

Fanny prend son livre. Le repose. Ferme les yeux. Sourit menu. Elle fait son nid dans son écharpe. Dans la berceuse du walkman. Bette Midler chante *The Rose*. Un vieux, vieux truc. Fanny connaît par cœur, c'est encore meilleur, elle ne s'en lasse pas. Elle sait qu'elle va planer. Plus haut à chaque fois. Mouette.

Elle va peut-être s'endormir. Elle voudrait bien, pour que le temps se rétrécisse, qu'il se plie en accordéon. Les yeux clos, puis rouverts, avec du sommeil entre, la journée passerait plus vite. Le bonheur serait là plus tôt.

Aujourd'hui c'est un jour pierre blanche, à la fois lourd et lumineux. Elle pense à sa mère, bien sûr. C'est la dernière ancre qu'elle jette. Son amarre. Sa mère. Amie-ennemie, douceur-colère. Disputes à cris furieux et larmes énervées. Tendresse et rires, irremplaçables.

Il faudra qu'elle lui téléphone. Ce soir, en arrivant. Ou demain. Oui c'est ça, elle l'appellera demain, plutôt.

Bien sûr, elle aurait dû lui parler avant. Dire Loïc.

Tout cet amour de lui qu'elle a. Tout chaud, tout rond. Cet amour à la coque. Pour sa mère, elle aurait dû entrebâiller, un peu, les portes du jardin secret. Lever, d'un millimètre à peine, le couvercle des confidences. C'était un risque, qu'elle n'a pas osé prendre. Et puis, ça ne regarde qu'elle. Elle a droit au secret. À une vie privée, sans confidences ni partages. Pourquoi devoir tout dire ? Parce qu'elle est encore une enfant ? Justement, non, elle ne l'est plus. Elle a le droit de décider, de choisir. Parler ? Pour quoi faire ? Pour s'exposer aux questions, aux justifications ? Pour finir, au refus, sans doute ?

Et ce hérissement brutal qu'elle aurait eu, cette envie de hurler et de claquer la porte. Cette colère qui l'envahit, la déborde de toutes parts, lorsque le temps se gâte, et vire aux ordres secs. Lorsque les « s'il te plaît ma puce mon poussin » deviennent, d'un seul coup de bourrasque brutal, « tu feras ce qu'on te dit de faire, ma grande, un point c'est tout ».

Quand toute discussion devient une embuscade, et qu'il faut déclarer la guerre pour chaque liberté qu'elle cherche à conquérir.

Trop facile à imaginer, l'interrogatoire... Déjà, à peine elle avait épinglé sa photo sur le mur, le mitraillage : qui c'est, ce garçon ? Comment il s'appelle ? Loïc ? C'est joli, Loïc... Qu'est-ce qu'il fait ? Et ses parents ? Tu le connais depuis longtemps ? La question suspendue de justesse, mais Fanny la lisait quand même dans les yeux de sa mère : c'est... *ton amoureux* ?

C'est curieux, certains mots dits par ses parents deviennent ridicules. Inconvenants. Presque vulgaires.

Loïc et elle, c'est de l'amour. Pas l'atome d'un doute. Mais dire que c'est *son amoureux*, ça fait crétin, ça gâche tout. Loïc, c'est pas *joli*. C'est magnifique, puisqu'elle l'aime.

Alors, si elle avait dévoilé ses projets à sa mère, Fanny sait déjà tout le discours qui aurait suivi. À ton âge, tu rêves, non ! De toute façon, pas question que tu partes, pour aller à l'autre bout de la France, en plus… Et ta seconde, et le lycée, tu y penses ?

Elle y pense, bien sûr. Comme à un saut de haies trop hautes qui va durer trois ans au mieux, un épuisant parcours où déjà elle s'échine, donne le meilleur d'elle pour obtenir à l'arraché *peut mieux faire*, *tout juste passable*. Et parfois même, *insuffisant*.

Trois ans à souffrir ce temps prisonnier qui s'écoule en bocal. Ce temps de sablier, qui tourne en boucle, au ralenti. Sors du bahut, rentre au bahut, sors du bahut, rentre au… Gaspillage. Qui lui rendra les heures inutiles, où sa vie passe en dehors d'elle, sans qu'elle puisse en décider de quelque façon que ce soit ? Sa propre vie, dont on ne lui confie jamais un seul instant les rênes.

Trop tôt. Plus tard. Demain. Quand tu seras majeure.

Ces minutes interminables, qui la piègent, l'engluent, la tiennent au starting-block. Des centaines de jours à rêver au long cours dans les cours qui l'ennuient. Des centaines !…

Trois années de galère en attendant le bac. *Bac : bateau à fond plat servant à passer d'une rive à l'autre.*

Elle rit, d'un battement de cils, d'une ombre de fossette. Il a pris l'eau, son bateau à fond plat ! Il vient de s'envaser pile entre les deux berges !

Sa vie d'enfant papa-maman. Sa vie d'ado boulot-dodo. Et au milieu, *enfin*, sa vraie vie de vraie fille, câlin-vanille, bisous qui pétillent ! Son navire à elle part pour un seul voyage : celui qui la mène, l'emmène, tout au bout de ces rails, vers son champion, son roi lion. Loïc. Loïc et son regard du joli bleu lavé des lendemains d'orage. Ses yeux de marées douces. Loïc, son amour-pour-la-vie, mais la vie c'est trop court encore. Son amour-pour-la-vie, et les vies qui suivront. Comment dire le cœur à ciel ouvert dès que Loïc est là, près d'elle ? Loïc, ses douceurs de velours et de laine. Son regard angora. Ses mots tendres, rares et concentrés. Tous ces instants précieux, volés, tout cet amour de contrebande. Comment le dire, quand elle ne connaît aucun des mots pour exprimer le parfum de ces instants fragiles, lumineux. Les sensations mêlées, douceur, salé-sucré. Comment parler de *ça* à une mère ?

Sa mère… Fanny croit la voir, toute seule à présent, dans l'appartement trop grand. Ça la chiffonne. Ça fait quelques faux plis sur son bonheur tout neuf. Elle n'a pas envie d'y penser, pas du tout. Elle ne veut pas ce froid, cette banquise : sa mère, seule, avec son regard toujours triste. Non, triste, ce n'est pas le mot vrai. Grave, plutôt.

C'était quand, la dernière fois qu'elle s'est vraiment marrée, sa mère ? Pas seulement d'un rire à demi, qui se surveille et qui s'économise. Un rire de vraie joie. C'était quand ? Fanny a beau remonter le fil des jours, feuilleter l'album à l'envers, elle ne se souvient pas des rires de sa mère. De son père, pas davantage. Et même, encore moins. Est-ce qu'il est amoureux d'elle ? Est-ce qu'elle est heureuse avec lui ? Qu'est-ce que ça peut savoir de l'amour, des parents ? Si un jour ils ont su, c'est trop loin maintenant. D'ailleurs, entre eux, ça ne pouvait pas être un grand amour. Un véritable. Impossible. Il n'y a qu'à les voir, tous les deux. Pas de cadeau pour le plaisir, pour la surprise. Câlins à dates fixes et tendresse obligée. Anniversaires d'âges et de mariage. Noëls. Quand Fanny les regarde se taire ensemble et se vivre à côté, ça la déprime, ça l'énerve. Elle ne veut pas d'une vie pareille, du jour après jour non-amour, de la semaine qui se tire, s'étire, sans autre espoir qu'enfin se terminer.

Lundifférence, mardispute, mercredis-corde, jeudivorce…

Elle, plus tard, elle ne veut pas vivoter de vestiges, nostalgique, tournée vers le passé, l'avant, les temps meilleurs. Le meilleur du temps, c'est en ce moment même, parce qu'elle va vers l'amour et vers la liberté. Le meilleur, c'est toute la vie qui s'avance. Cette vie qu'elle découvre, comme autant de sur-prises jaillies de la boîte, avec des stupeurs extasiées. La vie, comme ce paysage par la vitre du train, une courbe passée dévoile une montagne. Une ville s'éloigne, et c'est une plage immense de vignes, qui s'étale. Un nouvel horizon par minute. Parfois moche, parfois superbe, mais jamais pareil, en tout cas.

Fanny fait tourner autour de son doigt, machinalement, la petite bague en argent offerte par Loïc. Un dragon aux yeux noirs minuscules, aux écailles fines, qui s'enroule à son annulaire. Elle dort avec. Pour que son roi lion soit toujours auprès d'elle. Elle et lui, ça va plus loin que l'infini, beaucoup plus. Ça durera plus longtemps que toujours, cent fois plus que l'éternité. Lorsqu'elle pense à lui, le soir, elle est sûre qu'il entend, où qu'il soit, tous ces mots d'amour qui lui viennent. Ils se donnent des rendez-vous dans le temps et l'espace, à dix heures ce soir sur la Grande Ourse, « tu viendras » ?

Il lui a donné la moitié gauche de la lune, parce que c'est le côté du cœur. Elle lui a offert l'océan Pacifique, pour le bleu pareil à ses yeux, et puis parce que c'est loin.

Plus tard, ils vivront en Afrique, avec des bébés noirs parmi leurs bébés blancs. C'est tellement trop, elle et lui. Tellement. Même à

Élodie et Julia, ses copines, elle ne peut pas parler de tout. Dire les gestes doux à mourir, les baisers si tendres, les lèvres qui brûlent et se gercent, de s'être embrassés trop longtemps et trop fort. Les mains scellées, doigts tricotés serrés entre eux, et ce bonheur presque trop grand. Les gestes retenus. Et ceux enfin osés.

Non, dévoiler certaines choses, ce serait abîmer l'amour. Lui enlever, mot après mot, de tous petits éclats de rêves. Écailler la magie fragile, ternir l'éclat des soleils fous que Loïc fait lever en elle. Fanny apprend ce que c'est, la pudeur. Pas à pas prudent. Étonné. Se taire, ce n'est pas seulement mentir par omission. C'est aussi préserver, garder intact. C'est mettre à l'abri, hors d'atteinte.

Fanny n'a pas peur. Un amour comme ça, c'est unique. Fantastique. Complètement fannyloïque. On lui aurait dit ça, avant, elle aurait éclaté de rire. Fleur bleue, violons, c'était pas pour elle, ça non ! Et ce Loïc, elle le trouvait distant, trop fier. Avec un regard froid, qui traverse, fige les rires en stalactites, te fait cailler la bonne humeur d'un coup. Elle était partagée en moitiés inégales. Agacée, attirée aussi.

Et puis.

Un matin, devant le lycée, il était avec des copains à elle. Elle s'est approchée, elle a plaisanté. Elle plaisante toujours quand elle se sent timide. Elle a dit… quoi, au fait ? Elle ne sait plus. Lui, il lui a fait un petit clin d'œil pas dragueur, juste gentil, complice. Là, soudain, elle a eu l'impression de tomber, tomber, au fond de ces yeux bleus, là où c'était le plus profond. Où elle n'avait pas pied. Le coup de foudre cinéma, qui n'arrive qu'aux autres.

Maintenant, on peut rire autour d'elle, elle s'en fout. Un amour partagé, c'est bien plus fort que tous les manèges de la foire en même temps. C'est la vie en montagne russe, grimpe tout au sommet du ciel, sur le grand plongeoir des étoiles, et plonge sous la vague, et remonte. Encore un tour, encore, encore… Avec Loïc, elle vit beaucoup-passionnément-à la folie, Fanny. Cent fois par jour, elle redit tout bas son prénom, Loïc-Loïc-Loïc… C'est le premier mot qui lui vient au réveil, la dernière pensée qui la berce. Ça pulse en elle, comme un cœur.

Alors tous ces jours sans le voir, qui viennent de passer… ce triste Sahara, depuis qu'il est parti, depuis qu'il a quitté la ville… Ce n'était plus qu'une torture d'heures longues. Une perpétuité d'absence et de soupirs. Il fallait qu'elle parte, qu'elle s'arrache d'ici, qu'elle s'en aille vers lui. Il le fallait. Elle se sentait trop prisonnière. Pire : la tête maintenue sous l'eau, à se débattre. Loïc, c'est son amour, son air, sa liberté. Sans lui, plus d'avenir, plus d'endroit où aller. *Sans lui*, deux mots qui lui font mal, et qu'elle refuse.

Ses parents, elle n'a rien contre. Son père l'énerve tout le temps, mais c'est un père. Pas mieux, pas pire que celui des copines. À y bien réfléchir, peut-être mieux, au fond, parfois. Sa mère et elle, c'est tendresse-hérisson, à se blesser sitôt qu'on s'aime. Trop près ça l'égratigne et trop loin ça lui manque.

Elle sait bien ce qu'elle voudrait, Fanny. Tout avoir. Loïc, la liberté, sa mère, ses copines, son père aussi de temps en temps, sauf quand il est de mauvais poil. Tout avoir. Et le reste.

Le train va. Il tangue et roule, happe les villes, une à une. Les avale sans les mâcher. Les recrache aussitôt en arrière, sans regret. Il traverse une forêt couchée par la tempête. De grands arbres tombés en mikado géant. D'autres, sans qu'on sache pourquoi, qui se dressent, isolés. Soldats paumés, sur le champ de bataille.

Derrière Fanny, deux femmes commentent les ravages, surenchérissent à coups d'exemples, dérivent d'un malheur à l'autre. Elles se délectent des épreuves qui les ont épargnées, elles, mais de justesse, puisqu'elles ont touché un voisin, un collègue. Mieux, même : un ami.

Fanny gomme leurs voix et leur conversation, elle ferme ses oreilles.

Le paysage a changé, rien n'est plus tout à fait pareil. La forme des maisons, la couleur de leurs murs, la pente de leurs toits. Il n'y a que les banlieues qui se ressemblent. Les mêmes Carreflunch, Quick Do et compagnie. Mêmes tours grises. Longues barres taguées. Mêmes arbres mités. Béton, béton. Laisse béton.

Fanny, elle n'habitera plus dans les cris du bébé du second, la radio qui gueule deux étages au-dessus. Dans la triste furie des courses de motos, dérapages crissants, sur le parking, le soir. Plus les cloisons sont minces entre les logements, plus la distance est grande entre ceux qui y habitent. Cette peur qu'ont parfois les adultes, c'est dingue ! Leur sursaut, à peine on leur demande l'heure. Comme s'ils avaient peur qu'on leur taxe leurs sacs. Comme si les ados étaient des animaux sauvages qui errent, liberté surveillée. Certains vieux, c'est trop énervant, leur parano ! Regards fuyants, nuque raidie, pour passer devant les groupes de jeunes, à l'entrée des blocs. On sent bien qu'ils voudraient allonger le pas, pour s'éloigner plus vite.

Leur trouille, elle fait naître les drames. Insultes inutiles qui fusent, par défi. Tags vengeurs, pour évacuer le ras-le-bol. Exister et tant pis si ça gêne. Elle connaît ça, Fanny.

Elle a grandi dedans. Pauvre enfer quotidien, méchante usure. Féro-*cité*. Adver-*cité*. Vora-*cité*.

Mais plus pour Fanny. Plus pour elle. Tout va changer. Bientôt, elle va dormir avec Loïc, elle va dormir enfin dans du ciel bleu du vent qui sent bon comme l'herbe de l'air pur pas diesel pas crasseux. Elle va dormir, doigts noués sur les siens, les yeux clos de douceur, ensemble dans les draps, dans les rêves. *Faire* l'amour, du verbe faire. Fabriquer, construire, inventer.

Fanny quitte sa vie d'avant. Elle s'en défait, comme d'une mue trop petite, d'un vêtement usé, informe et sans couleur. Elle vivait au ras, misérable, en chenille. Elle va planer, c'est sûr, maintenant. Papillon.

Elle se sent fière. Inquiète et fière. Elle a osé. Des petites voix lui glissent à l'oreille que c'est un peu moche, un peu lâche peut-être, de partir sans adieu, la nuit. Comme ça. Les voix, elle les fait taire, d'un regard sur sa bague en argent. Le départ, c'est le prix du rêve. L'ombre portée de son bonheur. Choisir, c'est renoncer. Forcément. Elle a choisi. Elle veut les bras de Loïc autour d'elle. C'est un désir farouche, un besoin viscéral. Alors, quitter sa mère, son père, ses copines, sa chambre, le bahut, la cité, le ciel gris délavé, le fast-food, oui, c'est dur. Dur comme le sont toujours les remords, de cette peine insistante et pénible, qui ronge, qui revient du plus profond, sans cesse, et qu'il faut savoir ignorer. Mais partir, c'est très doux, aussi. Tellement *extra*-ordinaire. Cette impression de liberté sans bornes, d'être *maître de soi comme de l'univers*... La phrase lui revient. C'est qui, l'auteur ? Elle ne sait pas. Franchement, elle s'en fout. Oui, elle est fière. Pas seulement d'être partie, mais aussi, mais surtout, de savoir ce qu'est un grand amour. De le vivre. Et qu'il soit partagé.

Ils vont bien, les adultes, d'affirmer qu'à son âge on ne sait pas, on ne peut pas, il ne faut pas ! Leurs phrases, elles sont pleines de « ne ». Pleines de nœuds serrés sur son cou, qui l'étranglent. Et avec ça, comme ils sont empêtrés dans leurs contradictions, ceux qui vont la juger, se moquer d'elle, lui en vouloir !

L'an dernier, en français, ils ont fait *Roméo et Juliette*. Caprice de leur prof de français : ce n'était même pas au programme ! Fanny, elle trouvait ça gonflant. Dur à lire. Toute la classe a détesté, heureusement que c'était court. La prof leur a fait un vélo pas possible.

« Comment, vous n'aimez pas ce texte ? Mais pourtant, il est magnifique ! »

Voix exaltée, romantisme collant…

« … l'apologie du grand amour, de la passion… absence de concession. Être aussi absolu, aussi désireux de se soustraire à la pression du monde, au Destin… Vraiment, quelle beauté tragiiique ! »

Fanny sourit. Elle ne veut pas d'un amour triste, d'un amour à mort sans espoir. La « beauté tragiiique », pas pour elle, merci !

Elle appellera sa mère, promis. Parce que c'est dur d'être heureux tout à fait, quand on sème sa joie sur le chagrin des autres. Elle n'y est pour rien, sa mère, après tout. C'est juste une mère, c'est tout.

Le train file, au fond de ses rêves. Tout devient flou, tout se dilue. Fanny se sent bien. Elle soupire et glisse, heureuse, dans le vague.

Elle est petite. Elle est menue.

Elle a calé sa tête contre le rideau plissé, au tissu rêche. Contre son sac roulé en boule. Un sac indien, tissé en arc-en-ciel, constellé de petits miroirs. L'écharpe mauve pâle lui fait un écrin velouté. Une corolle.

Elle a des allures siamoises. Mine de chat, triangulaire. Regard oblique, un peu chinois. Elle se love dans un grand pull doux. Un grand pull à caresses. Gris clair, comme ses yeux. Mais pour l'instant, elle dort : ses yeux, on ne peut pas les voir. On ne sait pas à quoi elle songe, pourquoi cette expression câline. D'elle, on ne peut voir que son nez fin et droit, un peu long. Ses lèvres douces, d'un rose sombre, naturel. Le bout de ses doigts, si fragiles, recouverts presque entiers par les manches trop longues. Les sourcils presque blonds, qui détonnent, qui jurent avec cette pelote de boucles brun foncé qui s'évadent du chapeau cloche. Un vrai chapeau de clown, disait sa mère.

Voilà tout ce qu'on sait.

Seconde classe, non-fumeurs, voiture 6, place 23, côté fenêtre, la fille dans un pull gris dort, noyée dans son écharpe. Elle porte un chapeau-clown. Elle sourit en rêvant. Elle ne compte pas revenir.

Elle a quinze ans et demi.

II

L'enveloppe est sur l'oreiller. En évidence. Une enveloppe carrée, blanche, avec un Snoopy qui dort sur sa niche, dans le coin gauche, en haut.

La mère de Fanny voit la lettre, bien sûr, dès qu'elle entre dans la chambre. Elle marque une pause. Comme s'il suffisait de suspendre son souffle, et d'arrêter son pas, pour que les choses changent.

À six heures et demie, elle n'a pas entendu le Fannyvari matinal. Traînement morose, appuyé, de baskets. Portes ouvertes à la grogne, fermées au ras-le-bol. Eau qui coule. Tintement de la cuillère dans le bol, croustillement des céréales, métallique sursaut du grille-pain. Télé. Elle n'a pas eu à lancer que, moins fort, ce serait possible ? Et la laisser dormir, ce serait vraiment trop demander, *pour une fois* ?

Ce matin, rien que le silence. Un silence énorme, envahissant, qui l'a tirée de son premier sommeil, en lui pesant salement sur le cœur.

La mère de Fanny s'est levée, abrutie de fatigue, la mauvaise humeur confuse, l'esprit chiffonné, l'âme en vrac. Le réveil de Fanny qui n'aura pas marché. Un retard de plus au lycée, pour changer. C'est le combientième en deux mois ? Et va-t'en savoir à quelle heure elle a encore éteint, hier soir, cette fichue gamine ? Ça ne peut plus durer, ce n'importe quoi permanent !

Et voilà. Le Snoopy endormi sur sa niche garde des mots qui lui font déjà peur. Qui lui font les reins lourds et le ventre noué d'une vilaine inquiétude qui serre.

Par superstition, elle appelle quand même : « Fanny ? Fanny, tu es levée ?... Fanou, tu es là ? »

Elle n'écoute même pas l'absence de réponse. Elle enregistre, malgré elle, toute une foule de détails. Les volets clos. Le lit, soigneusement refait. Le sac du lycée, ventru de livres, abandonné. La porte de l'armoire ouverte, les étagères clairsemées. Manquent des pulls, plus rien dans le casier culottes…

Son œil inquisiteur, compte, trie, réalise : sur l'oreiller la lettre, mais pas Pruneau d'amour, le petit chien minable. L'inséparable compagnon.

La mère de Fanny s'assied au bord du lit, avec des précautions inutiles. Il n'y a personne à réveiller. Elle prend l'enveloppe. Hésite. Puis avec un soupir, à coups d'ongle nerveux, l'ouvre.

C'est une page pleine, et toute débordée. Sans marge. Pas sage.

L'écriture est ronde, enfantine. Ce qu'elle dit blessera peut-être, mais en courbes. Avec des points sur les *i* comme de petits ronds joufflus. Comme des ballons bleus pour adoucir la peine, pour rendre moins abrupt *adieu*, et *je m'en vais*. La mère de Fanny attend que la crue disparaisse, que les mots cessent un peu de trembler sous ses yeux. Elle grappille au hasard, *maman*, *déssision*, *t'aime*. Elle glisse tout en bas, remonte à la première ligne. Note sans le vouloir les fautes d'orthographe (*en seconde, quand même !*), une rature, là, et deux mots oubliés. Elle survole, et plane en Saint-Esprit, sans trop savoir où se poser. Se raccroche à ce petit cœur, près de la signature. Ce gri-gri doux, bien appliqué. Joliment colorié de rose. Elle reste là, en panne, en peine. Assise, sans bouger, la lettre entre ses doigts serrée, qui tremble. Comme l'aile d'un oiseau mort qui se prendrait quand même au vent.

Elle reste sans parler. À qui parlerait-elle, elle est seule. Lorsqu'elle se relève, le réveil retardé par Fanny s'énerve tout à coup, et grêle son alarme.

Au mur, il y a un grand loup de Tex Avery qui rigole. Des posters. Un pantin. Un pêle-mêle de photos, embrassées entre elles, Fanny jolie, bébé-couffin, vacances, anniversaires. Noëls. Il en manque deux parmi les plus récentes. Fanny et sa mère. Fanny et Loïc. Pincement au cœur. Douleur et douceur. Pas une vraie jalousie, juste cette ombre de regret, de ce temps qui n'est plus, où Fanny était tout entière *sa* fille. Avant.

Avant ce Loïc, dont le nom est écrit partout en marge des cahiers, des feuilles de classeurs, des agendas. Voleur. Pirate. Ce mauvais prestidigitateur, qui a changé sa fille en embryon de femme. Qui a transformé ses moues, ses rires de bébé, en feulements de petite panthère agressive, qui tourne en rond sur ses envies de liberté.

Maintenant, voilà : la chambre est vide. C'est à cause de lui. Elle en est sûre. Enfin, elle aimerait pouvoir en être *sûre*. Elle se sent partagée entre une colère qui monte, *quelle idiote cette petite, il n'y a qu'elle pour faire ça !* Et quelque chose d'autre, qui ressemblerait presque à de l'admiration. *Sacrée gamine…*

La mère de Fanny est saisie par un froid soudain. C'est fou, la place que ça tient, l'absence… Le vide que ça laisse, une fille qui part. Un 'tit bout de nana, trop tôt grandi, même pas fini. Toute méli-mélo, peluche et pilule, cigarettes et sucettes. Plus une enfant, pas encore une femme.

Que faire maintenant ?

L'attente ? La crainte, à chaque respiration ? Mille fois par jour, la panique ? La mère de Fanny n'ose pas bouger, s'en aller. Elle supplie le téléphone. *Sonne, sonne.* Tout entière figée, désarmée. Prisonnière de l'au cas où.

Il faudrait appeler le père. Lui dire, lui annoncer que... elle en frémit. Elle ne peut pas. Elle préfère attendre un peu. Juste un peu. De toute façon, qu'est-ce qu'il ferait de plus, le père ? Il est loin, il est sur les routes. L'inquiéter sans savoir, risquer un accident ?

Elle se dit que, si à midi... enfin, si à cinq heures... Combien de temps est-il *raisonnable* d'attendre ? Jusqu'à quelle heure peut-on prévenir la police ? Qu'est-ce qu'on leur dit, aux flics, dans ces cas-là ? Qu'est-ce qu'ils vont lui poser comme questions ? Ce sera comme dans les films, sûrement... Que portait Fanny, ce matin, en partant ? Elle panique.

Elle n'en sait rien. C'est terrible, mais elle n'en sait *rien*. Lorsqu'elle est rentrée du travail, il était quatre heures, Fanou dormait. Au fait, est-ce qu'elle dormait ? Pas eu l'idée de vérifier. Et puis, vérifier, pour quoi faire ? Elle dort toujours à cette heure-là, toujours. Depuis toujours.

Le pire, c'est que la mère de Fanny ne sait quasiment rien de ce Loïc. À part un prénom, le vague souvenir d'une photo épinglée sur le mur, qu'elle regardait d'un œil distrait, quand elle époussetait le bureau de sa fille. Elle ne saurait même pas le décrire vraiment. Brun, des yeux clairs, il lui semble. Et encore… Aucune certitude. Elle imagine les questions du policier, si elle téléphone au commissariat. Raison de la fugue ? Histoire d'amour… Ah, elle avait un petit ami ? Oui. Justement dans sa lettre, elle dit que… Alors pas la peine de vous alarmer, madame, ce n'est sûrement pas inquiétant. Nous allons quand même vérifier, par prudence. Nom de famille de ce garçon ? Adresse ? Elle n'en sait rien. C'est imbécile, irresponsable. Inexcusable. C'est ainsi. Du même coup, elle s'aperçoit, *chute au néant, peur brutale*, qu'elle ne connaît pas plus les noms de la plupart de ses copines. Leurs adresses, pas davantage.

La mère de Fanny se sent comme une gamine qui n'aurait pas révisé ses leçons. Coupable. De tout, de rien. D'être une mère. Absente. Impatiente. Imparfaite. Trop inquiète, pas assez. Pas quand il le faudrait. Quand il l'aurait fallu. Elle soupire. À quoi ça sert de se faire du mal ? Se poignarder comme ça, à coups de j'aurais dû, j'avais qu'à… Stop. Ne pas s'énerver, ne pas paniquer. Réfléchir.

Elle fait le compte de ce qui reste dans l'armoire. Elle récapitule. Ce qui est au repassage. Ce qui reste à laver. Fanny a pris trois pulls. Le gris, le zippé noir, le petit bleu rayé. *Ne t'énerve pas*, Lucie parle à mi-voix, pour rassurer l'absence, *ne t'énerve pas comme ça, voyons, ça sert à rien*. Il manque un jean, un velours gris, mais quoi encore ? Un caleçon noir. Et son blouson. Encore heureux. Elle qui s'enrhume au premier courant d'air depuis qu'elle est petite ! Sans compter qu'elle sort tout juste d'une angine ! Aux pieds, Fanny doit avoir ses baskets. Ou ses Doc's vertes. Qu'est-ce qu'elle a emporté d'autre, sa minette, en partant ? Un sac indien. Le grand sac de voyage. Ses affaires de toilette. L'indispensable : parfum, lait, crème, eye-liner. Son chapeau de clown, évidemment. Une écharpe. Laquelle ? Impossible à savoir. La mauve ou la grise, elle a emporté les deux. C'est angoissant. C'est rassurant aussi : elle est partie le nez au vent, mais protégé d'une écharpe, quand même…

La mère de Fanny ne sait plus si elle doit s'inquiéter davantage, ou bien, plutôt, se raccrocher à ça : ce n'est pas un coup de folie, un coup de désespoir. C'était une évasion préméditée.

Comment n'a-t-elle pas su voir, dans la gaieté trop vive de Fanny, la veille, l'exaltation du départ imminent ? Cette façon qu'elle a eue de l'aider spontanément pour tout un tas de menues choses, avec une serviabilité inhabituelle… Et puis ces bavardages, tout au long du repas, elle qui, depuis longtemps, se contentait de monosyllabes agressifs, ponctués de soupirs profonds… Par quel aveuglement n'a-t-elle pas compris ? Il aurait peut-être suffi de la regarder mieux, sa fille, pour savoir. De n'avoir pas les yeux englués de fatigue, incapables de voir plus loin que son horizon quotidien. Supermarché télé boulot cuisine ménage dodo. Quand près d'elle sa propre fille tirait des plans pour s'échapper. Où s'est-elle enfuie, à présent, la chevrette ? Longe rongée, porte poussée, petits pieds furtifs qui descendent sans bruit l'escalier, trottinent dans la nuit vers d'autres prés. Gourmandise de liberté…

Seulement tous les loups ne sont pas comme celui collé sur le mur de ta chambre, ma biquette. Si tu en croisais un qui soit vraiment méchant ?

La mère de Fanny bâillonne son angoisse. Elle va dans la cuisine. Besoin d'un bon café pour s'éveiller vraiment. Réfléchir encore. Et peut-être, pourquoi pas, comprendre.

Son prénom, c'est Lucie. Personne ne l'appelle ainsi, jamais.

Au travail, Mme Morin. À la maison, Maman. (« Maman, t'as lavé mon pull bleu ? » « Où t'as mis mes baskets ? ») Ou bien Ta Mère. (« Écoute, Fanny, moi, je n'y comprends rien, à tes maths. Va plutôt voir Ta Mère... ») Ou Lulu. Elle déteste. Certains jours, elle fait presque gamine. D'autres, les cernes bruns, les traits tirés comme aujourd'hui, on ne peut plus lui donner d'âge. Il y a l'épuisement de son travail posté [1]*, à la maison de retraite. Cette usure de jours, pas malheureux, pires, maussades, qui érodent en pierre ponce, obstinés, les rêves, les espoirs. Les trajets longs dans le froid de l'hiver. Les horaires n'importe comme. La vie de famille en pointillé. Et le bonheur ? Zéro pointé.*

Le mari sur la route, camionneur longs trajets, pas là, ou alors pour se taire. Le fils aîné qui travaille en Belgique et ne revient presque jamais. Trop loin, trop cher. Manque de temps.

1. Un *travail posté* est organisé par tranches horaires avec des équipes qui se succèdent sans interruption au même poste.

Et Fanny... Ses quinze ans porc-épic, hérissés de violence, piégés à la dynamite. Ses colères à rebrousse-poil, ses humeurs incompréhensibles. À ne jamais savoir si elle va éclater de rire ou en sanglots. Les notes qui s'effondrent. Les crises avec le père. Avec elle. Contre le monde entier.

Elle se sent fatiguée, Lucie. En panne de douceur. Si on la regarde un peu mieux, on comprend de qui Fanny tient ses yeux de nuages et son visage fin, mobile, un peu inquiet. Elle a le même corps que sa fille, gracile. Juste un peu plus plein, un peu moins anguleux, mais à peine. Attaches fines. Petites mains, striées de veines bleues.

Pour l'instant, elle est assise près du téléphone, pensive. Elle boit un café, à gorgées distraites et lentes, le regard ailleurs, loin dedans.

Tout à l'heure elle va s'ébrouer, se lever. Prendre une décision, sans doute. Elle va se battre, sûrement. Mais contre qui ?

Contre sa fille de quinze ans, trop tôt partie vivre un conte de fées ? Contre le séducteur, ce gamin à peine plus âgé que Fanny, sans doute amoureux et tellement sincère, lui aussi ?

Contre sa propre peur qui déchire le ventre. Qui infeste son esprit d'images noires, odieuses, insupportables. Fanny toute seule, lâchée dans l'arène, perdue dans la jungle. Fanny, joli bébé, petite fée clochette, qui croisera peut-être le chemin d'un fou en liberté. Un de ces malades, dealers, brutes, violeurs. Bien sûr, ce n'est pas une idiote, sa fille. Au contraire. Elle est intelligente et vive, pleine de ressources et de repartie. Pas exagérément délurée, mais pas non plus impressionnable. C'est une fille équilibrée, bien informée. Normale. Elle sait que les mauvaises rencontres, ça existe. Elle sait tout ce qu'il y a à savoir, là-dessus. La télé n'épargne pas les reportages, ça non. Elle dissèque même assez souvent la violence, les traumatismes. Mais savoir que le mal existe ne l'empêche pas d'arriver.

Qui est-elle vraiment, Lucie ? La mère de Fanny. En ce moment elle se définit entière dans ces quatre mots. Elle n'en veut pas d'autres. Ils n'auraient pas de sens. Elle n'est plus femme, épouse, aide-soignante à la maison de retraite des Tilleuls. Elle est la mère de Fanny. Ni admirable, ni modèle. Pleine d'un amour maladroit qui se distribue comme il peut, sans équité, sans calcul, entre câlins et engueulades. Dure et douce à la fois, jamais certaine de bien faire. Trop lasse certains jours pour chercher le bon argument, la réponse valable, intelligente. Et ces soirs-là, les cris remplacent la raison. Plus le cœur se fait lourd et plus la gifle est leste, moins la sérénité laisse entendre sa voix. Alors, ensuite, longues, longues les nuits, à se battre avec l'oreiller. À chercher un sommeil qui fuit pour mieux laisser la place aux doutes. À s'en vouloir pour un mot trop vif, une punition tombée sans appel, comme un couperet. Parce que la journée a été difficile. Trop lancinantes les douleurs, dans les jambes qui tirent, dans la tête, qui cogne, et cogne, et cogne sa migraine.

Ces soirs-là, elle a eu si souvent l'envie de se lever! D'aller voir dans le couloir si la lumière est encore allumée chez sa fille. L'envie, si elle s'est endormie, d'aller guetter son souffle dans le noir. Sans bruit, border tout doucement la couverture. Faire la paix, même si Fanny dort. Faire la paix à ses yeux clos, à la tiédeur lente du souffle, à la moue joliment boudeuse quand elle rêve, la joue par sa peluche rassurée.

Lucie respire d'un seul coup de panique, elle cherche l'air.

Être une mère, c'est ça, aussi. Naviguer à vue entre les écueils de l'angoisse. C'est, un jour comme aujourd'hui, suspendre son souffle, arrêter la pendule. Arrêter la course du sang dans les veines, le battement inutile du cœur. Être entière tendue à se briser vers un seul désir, que Fanny l'appelle. Qu'elle donne des nouvelles là, tout de suite. Que le téléphone sonne enfin. Enfin. Et qu'ensuite tout aille bien. Qu'elle revienne.

L'angoisse revient au carreau coller son museau noir. Fanny n'est plus là. Elle s'éloigne, chaque instant davantage, vers un ailleurs que sa mère ne sait même pas.

« ... m'en vais le rejoindre... pas vivre sans lui... ne t'inquiète pas... »

Les mots en vagues bleues s'épuisent en ritournelle, passent, repassent sous ses yeux.

Elle n'a lu qu'une fois la lettre. Elle pourrait la réciter, pourtant.

Si l'on tend l'oreille un moment, on est peu à peu saturé de silence. L'appartement n'est plus qu'un coquillage vide. Tout va sur la pointe des pieds, ce matin, comme au chevet des gens malades. On dirait que plus rien ne vit, que plus rien ne va comme avant. Dans la cité des Alouettes, bâtiment E escalier C appartement 32 troisième étage droite, une femme hiberne au plus profond de l'inquiétude, se roule en boule sur sa peur, pour puiser en elle des forces. Toutes les forces dont elle dispose.

Elle s'appelle Lucie, elle a trente-neuf ans ; sa fille a fugué ce matin, un peu avant six heures.

Et le jour qui se lève est un jour de douleur.

III

Le garçon brun est assis à l'écart, sur le mur de la digue. Il relit, pour la dixième fois, la lettre.

« Mon amour à moi que j'aime, la grande nouvelle : ça y est ! J'ai mon billet de train, j'arrive jeudi soir. Me rates pas, je veux pas passer la nuit sur un banc à t'attendre à la gare ! Il me tarde trop de te revoir. J'ai rien dis à personne. Même pas à Lolo et Julia. Ma mère aurait jamais voulu que je viennes chez toi. Et mon père, quand il saura, la crise ! (tu le connais). J'ai écris une lettre quand même, pour pas que ma mère s'inquiète trop. J'ai craqué toutes mes économies, pour venir. Je te

racontes pas comme c'est cher ! Mais je m'en fous, je ne veux pas rentrer chez moi. J'ai essayé de t'appeler, tout hier, pas moyen, ça marche jamais ton téléphone. J'ai pas pu piqué le portable à mon père, il le garde tout le temps avec lui, quand il travaille. Je t'aime. C'est trop, comme je t'aime. Tu me manques à mourir, j'ai envie de dormir avec toi. Bon, je te laisse, je te fais des câlins tout partout, mon doudou. J'ai ta photo sur mon cœur, mon lion. Je dors avec. J'espère que tu vas bien, que ça c'est arranger avec ton père. Bisou. Je t'aime.

P.S. : mon train arrive a 21 h 48. Je t'aime, mon amour à moi. Ta Fanou.

ReP.S. : je viens avec Pruneau, t'es pas jaloux ?

Re Re P.S. : je t'aime ! (je te l'avais pas déjà dit ?) »

Il sourit. Quand il regarde au loin, c'est du bleu, c'est de la lumière. Une lettre d'elle, et ça bouscule l'horizon, ça le repousse. Tout s'agrandit.

Fanny, elle est trop forte. Elle l'a aimé malgré lui. Et, malgré lui, ça a marché. La veille elle n'était pour lui qu'une meuf maigrichonne, gamine, fringuée nulle, avec ces pulls deux fois trop grands pour elle, à même pas savoir si elle avait des seins. Et d'un coup de magie, elle est devenue son univers tout entier. Pourquoi il lui a souri ce matin-là, devant son bahut ? Pourquoi, il ne sait pas. Il se souvient seulement du regard qu'elle a posé sur lui. Et puis cette chaleur bizarre qui est montée en lui, pas ce genre d'envie qu'il connaissait déjà, juste le besoin de l'embrasser, de la serrer, là, tout de suite. Tout premier pas vers la tendresse. Aussitôt réprimé, retenu. Quelques jours seulement…

Ils se sont rejoué cette première scène mille fois.

Moi qui te croyais comme ci, moi qui te trouvais comme ça…

Avant elle, il ne savait pas vraiment ce que ça voulait dire, aimer. Des copines, des coups, des histoires bâclées. Des amours de trois jours. Avec Fanou, c'est la tendresse. La petite main, timide, blottie dans la sienne. Les yeux gris qu'elle ouvre si grand qu'à tous les coups il se perd dedans. Cette façon qu'elle a de le couver, d'un regard si tant plein de lui qu'il devient le plus fort du monde. L'amour c'est ça, c'est exactement ça. C'est mieux que tout ce qu'il avait rêvé. Quand elle dit mon champion, mon roi lion, mon prince, il est le meilleur, il le sait. Tout devient facile, possible. Elle a des mots, elle a des rires. Il voudrait arrêter le temps. La serrer contre lui, ne plus jamais la relâcher. Rester toujours entre ses bras. Avant, les mots d'amour, ça le gavait, il trouvait ça insupportable. D'elle, tout est permis. Tout devient espéré. Elle est belle. C'est à l'intérieur qu'elle est belle, qu'elle brille. Sûr qu'il y en a des mieux foutues, des plus, des moins… c'est toujours elle qu'il préfère.

Il touche son épaule, il frissonne. Elle le regarde, il est séduit. Il n'en peut plus d'être à ce point amoureux d'elle. Lorsqu'elle est près de lui, il a peur du moment où elle va s'en aller. Dès qu'elle s'éloigne, il est coupé en deux, ça saigne. Il est en manque, bien pire qu'un drogué. Il a envie d'elle. Pas seulement la peau, mais le cœur, l'intérieur. Il a envie d'elle en entier. Envie de ne jamais arrêter de l'aimer. Il murmure « mon amour, ma Fanny, je t'aime ».

Il le dit aux remous qui éclaboussent la digue. À elle, il ne sait pas toujours l'avouer. Elle parle bien. Lui non. Les mots lui échappent, le trahissent. Il les trouve toujours quand elle vient de partir. Ou bien le soir, quand il est seul, sans elle. Quand elle est là, il n'ose pas. Peur de se tromper, de mal dire, de prendre un mot pour un autre. Parce que ça lui arrive, parfois. Mais quand il la caresse tout doux, qu'elle se sent bien, il n'y a jamais de contresens. C'est toujours un accord parfait, ils s'embrassent et ça sonne juste, ça vibre en lui longtemps, longtemps. Les premiers gestes un peu confus, qui se cherchaient sans se trouver, les lèvres qui se perdaient, le souffle épuisé de s'embrasser trop fort, c'est loin déjà. Même raté, c'était pourtant, quand même, réussi. Loïc sourit. Ils font l'amour à *l'intuition*, sans suivre de recettes.

Comme quand son père fait la cuisine. Parfois étonnant, toujours bien !

Fanny et lui, pareil, pas besoin de mode d'emploi. L'ingrédient : de l'amour. Le dosage : beaucoup.

Depuis huit semaines sans elle, cinquante sept jours et demi, sans compter les heures et minutes et secondes, il a cru qu'il deviendrait fou. Les premiers jours, elle pleurait au téléphone. Lui, il la lui jouait : j'assure, je suis fort. Tout va bien, rien n'est grave. Mais quand il raccrochait, la déprime, le vide.

Les jours passés pour rien, perdus. Des jours injustes. Tous ces moments gâchés, parce qu'il était loin d'elle. Trop loin.

Et puis, quand il y a eu l'inondation, ici, cette galère à la maison, lignes coupées, électricité, téléphone. Plus une seule saloperie de cabine qui marche. Le silence obligé, qui multiplie par dix la distance et la peine. Qui rend urgente la demande, insupportable le refus. Un portable ? Éclat de rire jaune de son père. Un portable, et puis quoi encore ? Où c'est que je le trouve, le pognon ? Tu sais les fabriquer les billets, toi ?

Rien n'est grave, mais tout est compliqué. Tout. Elle sera là ce soir, Fanny. Il a bien fallu qu'il en parle, chez lui. La gueule de son père… « Enfin, tu réfléchis, un peu ? Où c'est qu'elle va dormir, cette gamine ? »

Ce n'est pas une gamine, c'est son amour, sa femme. Pas sa meuf, sa nana. *Sa femme.* Juste le mot qu'il faut. Comme lui, il est *son homme*. L'un à l'autre. L'un fait pour l'autre. Où va-t-elle dormir ? Contre lui, dans son lit. Au chaud de sa tendresse, à l'abri. Qui peut comprendre ça : il a bientôt dix-huit ans, elle en a un peu plus de quinze, ils s'aiment pour la vie.

Son père a haussé les épaules.

« *Pour la vie ?* À votre âge ?… Tu ne sais vraiment pas de quoi tu parles. » Si bien sûr, il le sait. Qui d'autre que lui peut prétendre s'exprimer à sa place, éprouver ce qu'il éprouve ? Et de quel droit ? Marre d'entendre ça : tu es trop jeune, un point c'est tout. Tu ne peux pas comprendre. Tu verras, quand tu auras mon âge.

Mots d'adultes. Désabusés. Loïc n'aura jamais l'âge de son père. Il se le jure.

Vieillir, c'est ça ? Seulement ça ? Vieillir, c'est seulement devenir... *vieux* ? Avoir quinze ans comme Fanny, dix-sept et demi comme lui, c'est trop jeune pour aimer *vraiment* ?... Ben voyons ! À leur âge, on n'a droit qu'à des brouillons d'amours, sans doute. En se cachant. Sans oublier les capotes, attention ! À leur âge, on peut coucher, mais sans le dire. Baiser, peut-être. S'aimer : non !

Loïc, il ne veut pas coucher. Désolé. Il veut de la tendresse. Planer, sniffer de l'arc-en-ciel dans les yeux de Fanou, se shooter aux câlins.

Son père a poursuivi, en litanie de questions qui hérissent, et gâchent le bonheur, l'émiettent en petits bouts. « Et ses parents, qu'est-ce qu'ils vont en penser de tout ça ? Ils savent qu'elle vient te voir, au moins ? Quel âge elle a ? Quinze ans ? De mieux en mieux ! Tu te rends compte un peu dans quel merdier tu vas me mettre, avec tes histoires ? Tu ferais mieux de penser à ton boulot. T'as pas de temps à perdre avec ce genre d'âneries. Tu t'occuperas de l'amour plus tard ! »

Plus tard ? À quel moment ? Quand il sera trop tard ? Quand il aura le cœur fripé, frileux, radin ? Quand il commencera à réfléchir ses mots d'amour ?

La sentence est tombée, prévisible : de toute façon, tu es mineur et si elle dort ici, c'est moi qui serai responsable. C'est non !

Loïc aurait tellement aimé que son père comprenne. Qu'il dise O.K., c'est bon, t'as qu'à lui dire qu'elle peut venir à la maison. Mais son père, il n'a plus qu'une seule idée qui le mine, le ronge : trouver du travail, du travail, du travail. Le reste, il s'en fout. Le reste, il ne veut même pas qu'on lui en parle.

Il devient dur, il s'emporte pour rien, se ferme. Le chômage, c'est ça. Comme une marée noire, qui dégueulasse tout, colle au cœur, pollue le paysage pour longtemps.

Seul, sur les pierres grises de la digue, Loïc rumine sur tout ce qui l'enrage. Les obstacles, qui s'amoncellent, s'empilent à plaisir. Les mots qu'il ne sait pas trouver quand il faudrait. Les reparties qui se défilent. L'impossibilité de vivre. *Trop jeunes. Parents. Mineure. Travail. Responsabilité. Lycée. Pognon.* Il se rassure à ce qui le console. Son copain Telmo a proposé de lui louer un petit studio, au-dessus de chez ses parents. Il n'est majeur que dans trois mois ? C'est pas grave. On va s'arranger, en attendant. Telmo a confiance. Loïc aussi. Il sait que Fanny l'aime, qu'elle traverse la France en ce moment, juste pour être dans ses bras. Il croit la voir, puce frileuse, Betty Boop en jean et pull-over trop grand. Elle est sa princesse, son astre. Son cinquième élément. Sa LeeLoo. Ce soir, on verra bien ce qui arrivera. Rien ne pourra plus être grave : elle sera là.

Loïc a le cœur double-face, malheureux et comblé, éteint et rayonnant. Il caresse du bout des doigts les mots d'amour bleus de la lettre. Jette un galet. *Mon bébé, mon amour, ma Fanny, tu me manques, je t'aime.*

La vague s'enfuit. L'océan s'en fout.

Il fait plus mûr que son âge. Petit, nerveux, muscles secs, effilés. On ne peut pas dire qu'il soit beau. Pas vraiment. Mais il a quelque chose, un charme un peu racaille. Comme une séduction teigneuse, qui paraît balancer entre mordre et ronronner, pour ne se décider qu'au tout dernier moment. C'est dans le sourcil noir et froncé que ça joue. Ou dans l'œil bleu sombre, peut-être.

Il porte un bleu de travail maculé de cambouis, de graisse. Ses mains sont noires, aussi. Il sent le White Spirit, l'essence, le gazole. Il est ici depuis bientôt deux mois. Il ne voulait pas quitter son quartier, sa ville. Il ne voulait pas quitter Fanny. Quand son père a été licencié, il l'a suivi. Parce qu'il y avait peut-être une chance de retrouver une place ici, dans le garage où travaille son oncle. Parce qu'il n'avait pas le choix.

Son père n'a pas été pris. Mais lui, oui, par miracle, comme apprenti. Il sera embauché définitivement dans trois mois, lorsqu'il sera majeur. Enfin, c'est ce que le patron lui a promis. C'est un bon mécano, Loïc, il a le savoir-faire, l'intuition, la technique. On lui laisse déjà des pannes difficiles, des trucs sérieux, de vrai professionnel. Même s'il ne le confie pas volontiers, il se bat pour un rêve. Travailler dans une écurie de courses. Formule 1. Le top.

Si Fanny ne lâche pas sa main, si elle garde toujours dans les yeux cette ferveur pour lui, il deviendra un grand parmi les grands. Il le sait. Il en est sûr autant qu'il est sûr de l'aimer. Fanny le pousse vers le haut, lui bricole des ailes immenses, le déploie.

En attendant, Fanny arrivera tout à l'heure. Comment est-ce qu'il expliquera la situation à son père ? Le studio loué sur sa paie d'apprenti. La permission dont on se passe, au risque de frôler le pire, parce qu'elle et lui, ils sont mineurs. Le fait qu'il s'en va de chez lui, qu'il divorce d'avec son père, pour habiter avec Fanny, sa sauterelle de quinze ans et demi.

Pour la première fois de sa vie, Loïc se sent responsable de quelqu'un. C'est énorme comme impression. C'est un truc qui prend toute la place dans sa tête, plus moyen de penser à autre chose.

Il va repeindre le studio. C'est minuscule, mais c'est propre. Calme. Ça donne sur le port. C'est un endroit rien qu'à eux, pour s'aimer et dormir. Pour que Fanny soit à l'abri du froid, de l'inquiétude.

Sur le mur de la digue, un garçon en bleu de travail est assis. Contrarié. Exalté aussi. Ce sera dur, tout à l'heure, à la maison. Il y aura des cris, de l'engueulade, il le sait. Il veut ignorer cette anxiété qui monte, cette peur d'avant la bataille.

Et le temps s'épaissit d'heure en heure, devient plus lourd, plus lent, plus boueux à passer.

IV

Le portable insiste et insiste. L'homme tend l'oreille, dans le brouhaha du restaurant, puis réagit enfin.

« Merde, c'est le mien ! »

Il laisse la partie de billard, et va fouiller dans la poche de son blouson, accroché à une patère. La serveuse passe avec un plateau, elle porte les cafés. Elle lui sourit, c'est un habitué.

L'homme s'assied à une table, répond enfin, boîtier plaqué serré, l'autre main bouchant de l'index l'oreille restée libre.

« Allô ?... Oui... Quoi ? Attends, parle plus fort, j'entends rien ! Allô ? Allô ? Bon, attends, je vais dehors, il y a trop de boucan, là autour ! »

L'homme enfile son blouson, pousse la porte, sort du restau routier. Il se dirige vers le parking où sont garés tous les semi-remorques. Placides monstres endormis, luisants sous le soleil d'hiver. Il grimpe dans un gros Berliet rouge.

De l'extérieur, on peut voir ce grand type sec parler au téléphone. On devine les gestes qui s'énervent. À travers les vitres de la cabine, on perçoit des éclats de colère. Le ton monte et la main gesticule. Puis la voix se calme lentement, hésite en questions graves, et se noue d'inquiétude. Peu à peu, les épaules s'abaissent, la main vient border le portable, plus près encore de la bouche, dans un geste de protection, de repli. On comprend qu'il se tait, mais qu'à l'autre bout, quelqu'un parle. De temps à autre, il hoche seulement la tête. Il ne dit rien. Il a juste ce mouvement, dont on ne sait s'il veut dire oui, ou bien, non. Ou simplement, peut-être, « je comprends ».

Le visage est figé, terriblement grave. Il parle à nouveau, mais cette fois, on sent qu'il murmure. À l'autre bout du fil, ça doit pleurer, parce qu'il console, on le voit bien. On le voit à la main qui frotte doucement le briquet, qui l'use d'un va-et-vient du pouce, sans se résoudre à allumer la cigarette fichée au coin des lèvres. Réaction machinale, que confirme le regard soucieux, égaré dans le vide. Et lorsqu'il range le portable et descend du camion, c'est d'une allure pesante, comme un peu égarée.

Il pousse la porte du routier, traverse la fumée. Au bar, il boit son café en vitesse, les mâchoires crispées. Dans la salle à côté, les joueurs l'interpellent :

« Alors, Morin ! Tu nous plantes au beau milieu de la partie, comme ça ?

— C'est parce qu'il perd ! Le coup de téléphone, c'était l'excuse ! »

Mais l'homme est pâle, les rires taisent leur écho.

L'un des hommes se risque :

« Eh, Jacques, ça va pas ? T'as des ennuis ?

— C'est ma fille… Elle s'est barrée de chez moi.

— Barrée ? »

L'homme hésite à reprendre. S'empêtre :

« Heu… Barrée, tu veux dire… *barrée*, comme une fugue ?

— Mmmhh…

— Quel âge elle a ?

— Quinze ans.

— Merde. »

Plus qu'une ponctuation, il s'agit d'un constat de déprime. Jacques s'abstient de commenter. Il salue, geste éteint. S'en va.

Dans le camion, il téléphone. Le patron est correct, il cherche une solution rapide. Il lui faut juste trouver un chauffeur qui fasse le relais, dès que Jacques sera arrivé à Lyon. Après, il n'aura qu'à rentrer chez lui en train. Pour les congés, on se débrouillera plus tard. L'essentiel, c'est la gamine. Pas la peine de remercier. Si on se soutient pas quand on en a besoin, hein ? Et puis, faut pas trop s'inquiéter, surtout. À cet âge-là, c'est sûrement pas bien grave.

Jacques dit oui. Il dit bien sûr. Il pense exactement l'inverse. À quinze ans, justement, c'est grave. En tout cas, lui, ça lui fait peur.

Il démarre, la cabine s'élève un peu, vibre à peine. La manœuvre est huilée, pour sortir du parking. Jacques est routier depuis qu'il a vingt ans.

Il entend la voix de Lucie, cette voix toujours si égale, d'habitude. Mais là, cette tension extrême, qu'elle avait. Cette fragilité aussi. Elle n'a pas voulu lui lire la lettre au téléphone, elle a juste un peu résumé. Il a commencé sur des cris, « qu'est-ce que c'est cette histoire de garçon ? T'étais au courant ? Tu le connais, ce jeune, toi ? » Oui, non. En photo. Loïc. Un peu plus âgé que Fanny, pas beaucoup... Comment ça, quel âge il a ? Elle ne sait pas au juste. Dix-sept ans, peut-être ?... C'est vraiment important, ça ? Elle avait beau se rétracter sous les questions, il avançait toujours en brandissant sa hargne. Soudain, à l'autre bout du fil, les larmes de Lucie, sa voix qui se fendille. Hoquette, exaspérée. Et crise, à bout de nerfs.

« Mais tu es obligé de gueuler, en plus, dis ? Elle est partie, Fanny. Partie. Tu le comprends, ça ? Par-tie. »

Le voilà, l'uppercut. Le mot qui le sonne, l'assomme. Qui douche sa colère comme un seau d'eau glacée. Jacques a encaissé, mal, mais sans rien ajouter d'autre. Il a baissé la garde, rengainé sa fureur, laissé la place au désarroi, et puis, enfin, à la tendresse.

Maintenant, sur le flot gris de l'autoroute, dominant les voitures du haut de sa cabine, Jacques réfléchit. Il pense en désordre, souvenirs mélangés, fragments de mémoire indécise. Fanny. Cette foutue gamine, qu'est-ce qui a bien pu lui passer par la tête ? Pourvu qu'elle ne se drogue pas, au moins ! Jacques se mord les lèvres, s'arrache à petits coups de dents les peaux mortes, fronce les sourcils brusquement. Du revers de la main, il essuie une goutte de sang. Tout se mélange. Le baume qu'il faut acheter pour ces fichues gerçures, ça lui fait un mal de chien, ce truc-là. L'imbécile en 4x4, devant lui, qui a dû gagner son permis au Loto. Lucie qui pleure et qui panique. Fanny, partie. Partie. Partie.

Cette histoire de drogue, ça lui revient, ça le ronge d'angoisse. Autant, c'est ça ? Autant, il n'a rien vu venir. Forcément, avec ses horaires imbéciles. Jamais là. Jamais là quand il faut. Et puis, Fanny, c'est pas à lui qu'elle en ferait, des confidences ! Risque pas ! Bonjour-bonsoir, dans le meilleur des cas. Parce que, le reste du temps, c'est la gueule. Les grognements pour répondre aux questions, les yeux levés au ciel, les haussements d'épaules à peine réprimés. Et lui, la main qui lui démange tellement, certains soirs, qu'il doit sortir pour se calmer un peu. C'est à se demander ce qu'elle a dans la tête. Elle était si mignonne quand elle était petite, cette gamine ! Toujours gaie, toujours prête à rire. Farceuse. Et puis en grandissant, on dirait qu'elle s'est remplie d'ombre et de mauvaise humeur. Lucie dit que c'est la puberté, l'adolescence. Que c'est normal. Avec Thibault, leur fils aîné, c'était plus simple, en tout cas. Il s'est laissé pousser les rastas une année, rasé la tête l'autre. Entre les deux il est resté muet six mois, et voilà. Mais Fanny… Jacques à beau faire, essayer, il n'y comprend rien, à sa fille. Un jour elle chante, deux jours elle pleure. Les profs sont trop nuls, le lycée l'emmerde, la cité est pourrie, y a pas d'avenir...

Et avec ça, cette saloperie d'encens qui empeste tout dans la maison pour cacher l'odeur de ses clopes. Comme si on le lui avait pas dit et répété, le cancer. La techno à fond dans la chambre, les posters collés sur la nouvelle tapisserie du couloir. Le téléphone chaud quand elle raccroche, l'oreille rouge d'y être restée collée plus d'une heure durant. Les yeux faits. D'accord, pas beaucoup, pas vulgaire. Mais quand même. Quinze ans, c'est encore un bébé, non ?... Non.

Depuis longtemps, le père de Fanny regarde sa fille comme une extraterrestre. Et Lucie, qui sourit, excuse, ou bien se fâche et crie. Toutes les deux, elles vivent à part de lui, il le sent bien. Complicité de femmes, peut-être. Il n'en sait rien. Avec son fils, il n'a jamais eu le sentiment de partager beaucoup non plus, de toute façon. Il voulait lui faire aimer le rugby, le vélo. Thibault fait du roller et de la natation.

Jacques met un C.D., soupire, en met un autre. Éteint.

Il revient à Fanny, s'en éloigne, incapable d'aller au bout d'une pensée, de finir un raisonnement. Il s'arrête toujours à cette invraisemblance : elle est partie de la maison ce matin. Il ne manquait plus que ça : une fugue ! Et avec un garçon. Jacques sent monter la fureur. Ce petit con, là, il va lui faire passer un sale quart d'heure, c'est sûr ! D'où il sort, d'abord ? C'est peut-être un voyou, un drogué, lui aussi. Il va peut-être leur rendre une Fanny fanée. Abîmée. Et si elle ramenait un gosse ? Ou le sida ? Ou les deux ? Une histoire d'amour, à l'époque où on vit, tu parles ! Elle aurait bien pu s'expliquer, quand même, avant de s'en aller !

Avec sa mère, tiens, puisqu'elles se disent tout, les bonnes femmes ! À lui, ça, forcément, elle n'aurait rien dit ! Lui, on ne lui raconte jamais rien, jamais. C'est comme s'il ne comptait pas. Juste bon à aller bosser et puis à ramener la paye. Jacques rebrousse son humeur, de pire en pire. Il s'encolère contre le monde entier. Le bouchon au péage, à l'entrée de Lyon. Lucie, qui n'a pas réussi à empêcher la catastrophe, qui n'est même au courant de rien ! Fanny qui court les routes, à cette heure. Toute seule, à quinze ans. Et va-t'en savoir où ? Et lui, qui ne sait plus rien. Qui vit de passage chez lui, comme en terre étrangère. La faute à qui ? À lui aussi…

L'aigreur s'éloigne. Il ne reste que la brûlure. Jacques est fou d'inquiétude, et ça le rend mauvais. Sa peur, elle le submerge en flots de bile, lui noue les tripes. S'il arrivait quelque chose à Fanny… Il ne veut même pas y penser. Il ne veut pas.

Le père de Fanny a quarante-cinq ans. C'est un grand homme maigre, taciturne. Par nature, par obligation. Si souvent seul, dans son camion. Pour l'instant, il est crispé sur cette situation qui le dépasse. Désemparé, furieux, angoissé. C'est un sale cocktail qui brûle la gorge, et la serre, et la tient broyée. Il voudrait bien avoir une idée lumineuse. Être celui sur qui on peut compter. Appeler chez lui pour dire à sa femme : ne t'inquiète plus : Fanny, je vais te la retrouver, moi.

Il a le sentiment de choses qui se gâchent, d'une vie qui part en morceaux.

Rien ne ressemble à ce qu'il attendait. Plus rien. Sa femme et lui qui se croisent, à peine. Leurs fils aîné qui ne vient presque plus, si peu de temps à chaque fois. Comme s'il n'avait plus rien à leur dire. Ses parents à lui, qui vieillissent, sans qu'il aille jamais les voir. Son travail qui le retient loin, tout le temps. Marin des routes grises et des ports de banlieues.

Depuis combien de temps n'a-t-il pas rapporté une bricole à sa fille ? Poupées de collection, fanions, porte-clefs. Elle adorait ça, avant, Fanou. Quand elle était gamine. Il n'ose même plus lui dire des mots gentils. Il voudrait bien, mais ce n'est jamais le jour, jamais l'heure. Même avec Lucie, il ne sait plus. L'amour est toujours là, bien sûr. Enfin, sans doute. Pour tout dire, cela fait longtemps qu'il ne se pose plus la question.

Si on lui demandait s'il pense être un bon père, il ne saurait sans doute pas répondre.

Hier encore, il aurait dit oui. Aujourd'hui, il n'est sûr de rien.

Lyon se voile de son haleine opaque et lourde dans le soir qui s'avance. Quelques voitures ont allumé leurs codes. Il fait froid, pour un mois de mars. Cette nuit, le gel blanchira les talus, flétrira les bourgeons précoces des fruitiers. Le gros Berliet rouge sort enfin de l'autoroute, s'engage sur la voie réservée aux poids lourds. Le ciel est pommelé de gris clair et de rose. Jacques voit le gris, seulement.

V

Questions qui blessent, réponses qui font mal. Lucie l'a mille fois égratignée, la plaie ouverte. Si Fanny n'a rien dit, si elle a préféré s'enfuir, c'est parce qu'elle pensait qu'on ne pourrait pas la comprendre. Elle avait peut-être raison. Si Fanny avait demandé sa liberté ? Lucie imagine les réponses qu'elle lui aurait données. Fait le compte de ce qu'elle aurait permis, toléré. Et c'est peu.

Inviter Loïc ? Pour un moment, sans doute. Pourquoi pas. Pour une nuit, jamais.

Elle n'est pas dupe, Lucie. Si Loïc était venu chez eux un après-midi, Fanny et lui se seraient aimés tout pareil. Ils seraient arrivés, bien sûr, les mêmes gestes, au grand jour calfeutré par les rideaux tirés. Mais Lucie n'aurait pas été tenue de le savoir. Elle aurait presque pu l'ignorer. Bien préservées, les apparences. Les yeux gardés bien clos, serrés.

Lucie se serait sentie trop gênée, autrement. Un peu choquée, elle s'en rend compte, par cette révélation inconfortable, qu'elle attendait, mais qui la heurte. Sa fille, ce garçon, faire l'amour.

Alors, elle ne les a pas posées, les questions, par crainte d'avoir des réponses. Elle a mis ses esquives un peu lâches sur le compte de la pudeur. Pourtant elle croit la comprendre, sa fille. La timidité, la peur du refus ou des cris. Son amour pour Loïc. Cet amour grandissant, qui étouffe sous le poids des silences, s'étrangle au lien trop serré des tuteurs. Qui finit par se faire la belle, au petit jour.

Lucie a téléphoné à son amie Valérie. Pas pour un conseil, non. Simplement pour entendre une voix qui ressemble à la sienne. Une autre femme, une autre mère, avec la même ado, les mêmes quarante ans. Qui puisse comprendre la déchirure viscérale, le sol écroulé sous les pieds, pour une porte refermée sans bruit le matin même, des pas légers qui s'éloignent, un départ. Pouvoir juste parler. Appuyer ce chagrin écrasant sur une épaule, s'entendre énumérer ses questions et ses peurs, à voix haute. Glaner quelques mots attentifs, apaisants, qui consolent. Rieurs aussi, pour mettre un gros nez rouge au désespoir.

En fin d'après-midi, la mère de Fanny a appelé Jacques, sur son portable. Elle savait déjà le coup de gueule, les reproches au vitriol. Son mari a toujours été comme ça. Il crie d'abord, il réfléchit ensuite. En ce moment, il doit être très malheureux. Elle, au moins, elle agit, ça la calme.

Elle appelle Élodie et Julia, les copines les plus intimes de Fanny. Les deux seules dont elle connaît le nom de famille et l'adresse, pas loin, dans la tour d'à côté. Elles sont bien ennuyées, les filles. Surprises aussi. La mère de Fanny sait qu'elles n'ont pas menti, pas simulé leurs points d'interrogation.

« Partie ?! En train ?! Une fugue ?! »

Alors, on en arrive au plus difficile. Savoir. Savoir qui est Loïc, comment il s'appelle, ce qu'il fait, où il vit.

Elles sont gênées, les petites. Elles comprennent bien l'inquiétude de Lucie, la gravité de la situation. Mais cafter, vendre une copine ? « On peut pas faire ce genre de chose, madame. On peut pas. »

Il en faut, de la délicatesse et de la persuasion. Et jurer mille fois que non, ce n'est pas pour se fâcher après Fanny, pour la punir. Aucunes représailles. Ni contre elle, ni contre Loïc. C'est Élodie qui craque la première, d'une voix bien mal assurée. Lucie doit presque la consoler, après. Non, elle n'a pas trahi, elle a eu raison de parler, c'était pour le bien de Fanny, vraiment.

Lucie étouffe son angoisse sous des procédures de flic. Questionner. Noter. Chercher tous les Carneau qui habitent en ville. Tomber, enfin, sur l'oncle de Loïc. Au bout du fil, un brave type, un peu étonné.

« Loïc ? C'est un gentil garçon ! Il a déménagé, avec son père, ça va faire deux mois…

Mon autre frère a un garage, là-bas. Enfin, un petit truc, hein, mais tout seul, il ne s'en sortait plus… »

Abréger le flot des confidences, pour arriver à l'essentiel.

« Le téléphone ? Oui, bien sûr ! Je vais vous le donner… Seulement avec la tempête, les lignes ont sauté… Je ne sais pas si vous pourrez les joindre… »

Remercier, parce que le cœur vient à nouveau de battre. Parce que le garçon est têtu, peut-être, mais *gentil*. Parce qu'on a un nom, une adresse, que l'inconnu se réduit, que l'inimaginable prend forme, et que la peur se dompte à petits pas. Faire le numéro, entendre une voix qu'elle déteste lui annoncer « qu'en raison des dégâts importants occasionnés par les intempéries la ligne de son correspondant est momentanément hors service… ».

Se précipiter sur la carte de France. Constater. Huit cents kilomètres. C'est la porte à côté et c'est le bout du monde. Fanny a fait huit cents kilomètres en train, rien que ça. Par amour. Lucie rit et pleure à la fois. Sa fille est folle, pas de doute. C'est bien sa fille, quoi.

Quand Jacques arrivera, dans un moment, tendu, écartelé entre colère et trouille, il faudra parler. Ne pas se laisser entraîner sur le versant abrupt des cris, de la colère. Tenter de raisonner, en douceur. Réfléchir.

Ensemble.

Très loin de là, un train repart.

Sur le quai, un adolescent trie d'un regard impatient le troupeau qui va, discipliné, vers la sortie.

Enfin, il l'aperçoit, lutin emmitouflé dans son écharpe, encombrée de son sac, si petite et menue. Et quand elle se blottit contre lui, il la serre.

Les mots viendront plus tard. Les gestes aussi.

Devant eux, c'est toute la vie.

VI

« *Ma puce, le père de Loïc nous a donné ton adresse. On a enfin pu le joindre ce matin. On a beaucoup parlé. On se rappellera plus longuement la semaine prochaine.*

J'ai longtemps hésité avant d'écrire. Une lettre c'est important, ça reste. Tu vas lire les mots, peut-être les relire. C'est difficile de te dire tout ce que j'ai à te dire. C'est difficile d'être une mère, ma poule. Pas d'être ta *mère, ne te fâche pas ! D'être une mère* en général…

Depuis que tu es partie, ça fait un grand vide, tu sais. On n'aurait jamais cru qu'une aussi petite chose que toi tienne tant de place dans une maison !… Ton père et moi, nous pensons à toi. À ton avenir. Au lycée, au bac, à tout ce que tu pourras avoir envie de faire, plus tard. On n'est pas heureux de ta décision, tu t'en doutes. Loïc et toi, vous êtes si jeunes ! On aurait préféré que tu attendes un peu, pour l'amour… Mais si on te force à revenir, je te connais, tu feras tout pour rater ton année ! On n'a pas envie de tomber dans le drame, de venir te chercher de force. Tu nous en voudrais. Et nous, on se sentirait ridicules. Je suis sûre que Loïc et toi vous vous aimez vraiment.

Je t'ai déjà parlé de l'époque où j'ai rencontré ton père ?… Papi et mamie n'étaient pas ravis non plus, ça non ! J'avais dix-sept ans à l'époque. Je crois bien que je t'ai toujours dit dix-huit, mais tu sais comme je suis fâchée avec les dates… Toi, tu n'as pas encore seize ans. Et ton prince charmant sort à peine de la poussette. Pourtant, même si je suis vieille (à tes yeux…), je n'ai pas complètement perdu la mémoire ! Je sais ce que c'est, d'être amoureuse. Si papi et mamie m'avaient empêchée de voir ton père, j'aurais pu traverser la France entière, moi aussi ! Et comme je n'avais pas d'économies, j'aurais fait ça en stop. Exactement ce que je t'ai toujours interdit de faire.

Ton père et moi, en parlant de vous, on s'est souvenus de nous deux, presque au même âge. On avait oublié tout ça. On ne t'avait pas vue grandir, non plus. Évidemment, nous, on trouve que ce n'est pas du tout la même chose ! Bien sûr : aujourd'hui, on est comme étaient nos parents, à l'époque : responsables. De toi, de ton avenir. Mais en y réfléchissant bien, on est un peu responsables de ton bonheur, aussi. Alors, voilà ce que je voulais te dire, et ton père avec moi, même s'il n'est pas très fort pour parler (mais il lit ma lettre par-dessus mon épaule, en hochant la tête, comme ça : oui, oui, très bien...) : la seule chose qui compte à nos yeux, c'est que tu sois heureuse. C'est pareil pour tous les parents.

Ta vie, c'est nous qui te l'avons donnée, mais c'est toi toute seule qui va la vivre. Si tu as raison, si Loïc est ton amour pour toujours, on reconnaîtra qu'on est deux vieux imbéciles. Mais on a le droit de se tromper, et toi aussi.

Alors, si Loïc et toi, ça ne doit durer qu'un moment, que ça reste pour toi une jolie histoire.

Ce serait bien que tu continues tes études quand même. Pas pour nous. Pour toi.

Tu vois, nous, on fait un travail pas très drôle, pas très bien payé non plus. Si on avait pu étudier un peu plus, ce serait peut-être différent. On aimerait bien que, pour toi, la vie soit plus facile, plus belle. Mais pour ça, c'est maintenant que tu dois faire des sacrifices. Même si tu n'aimes pas le lycée, le temps que tu y passes, ce n'est pas du temps perdu. C'est l'inverse, c'est du temps gagné, pour après. Prends le temps de réfléchir, pour ne rien regretter plus tard. En septembre, on peut te réinscrire au lycée, ici, ou chez Loïc. Quoi que tu fasses, tu es notre fille, on t'aime. Et je sais bien que tu nous aimes aussi. On devrait peut-être se fâcher, te dire que tu es mineure, que tu n'as qu'à rentrer tout de suite à la maison. Tu sais, la phrase que tu aimes tellement : un point c'est tout !... *On préfère que tu aies confiance en nous, que tu saches que, même si on n'approuve pas ton choix, on le respecte. (Avec un ulcère, mais bon !...)*

Je t'envoie deux billets de retour. Tu peux t'en servir, ou te les faire rembourser pour avoir de l'argent de poche. Reviens quand tu veux, avec ou sans Loïc. Il n'y aura pas de questions. Il y aura juste un bisou. Ou deux, peut-être. On ne peut pas mieux te dire, ma puce. Te laisser libre, ça ne veut pas dire qu'on se moque de ce que tu peux faire. C'est le contraire. On veut juste que tu comprennes que tu n'es pas obligée de choisir entre Loïc et nous. Ton cœur est assez grand pour loger tout le monde. Le nôtre l'est aussi.

Ton père n'aime pas écrire, tu le connais. Il m'a donné ce petit cadeau pour toi. Il a fait le paquet lui-même, mais ça ne se remarque pas du tout... Je ne sais pas ce qu'il y a dedans, ça m'énerve un peu, tous ces mystères !... Tu me diras ce que c'était ? Appelle-nous. On t'embrasse. »

La lettre était dans une grande enveloppe à bulles, avec deux billets de train, des bon-

bons et un petit paquet, mal plié, plein de Scotch. Assise sur le rebord de la fenêtre, Fanny a lu. Elle a lu lentement. Inquiète, au début. Peur de trouver des mots qui ordonnent, interdisent. Des mots dressés comme des murs d'enceinte, qui emprisonnent. Ou la piègent comme un lasso. Elle pensait trouver la colère, elle s'y préparait déjà, prête à braver, à faire front. Mais c'est juste de la tendresse. La porte grande ouverte sur une liberté pleine de courants d'air. Mais grande ouverte aussi pour revenir, la porte. Une lettre, un cadeau, et rien qui tire sur la laisse. Tout à coup, c'est comme s'ils étaient tout près d'elle, ses parents. Plus qu'ils ne l'ont jamais été. Elle ressent un soulagement. Mieux encore. Plus grand. Tout avoir et le reste, c'est ça. Du moins, ça y ressemble.

Les billets de train ne sont pas datés. Ils sont valables jusqu'aux grandes vacances. Elle n'est pas obligée de s'en servir, c'est clair. Elle fera comme elle voudra.

Fanny déchire le papier-cadeau, intriguée. C'est une petite poupée provençale. Une poupée de collection, un peu nulle, comme celle que son père lui ramenait, quand elle était gamine. Fanny sourit. Elle pose la poupée sur la petite étagère blanche. Celle que leur a prêtée le père de Loïc.

Elle relit la lettre, encore. À voix mi-haute, pour Pruneau.

Quand Loïc rentrera du travail, tout à l'heure, ils iront faire du trial dans les dunes.

Le studio est plein de soleil, il donne sur le port. Ça sent la marée, le pétrole, le large. C'est beau. Fanny referme la fenêtre. Elle prend un bonbon. Sort. Descend les deux étages en sautillant.

La cabine téléphonique est au bout de la rue. À deux pas.

Dans la collection Roman, plus de 150 titres à découvrir

La nuit des temps / René Barjavel

Au pôle Sud, les membres d'une expédition polaire internationale sont en émoi. Ils ont détecté, sous 1 000 mètres de glaces, des ruines gigantesques, enfouies depuis 900 000 ans et d'où s'élève un signal régulier. Que vont-ils découvrir ? À la fois reportage et épopée mêlant présent et futur, La nuit des temps *est avant tout une mythique histoire d'amour.*

Anibal / Anne Bragance

Quand ses parents lui annoncent qu'ils vont adopter un petit Péruvien, Edgar croit qu'ils blaguent. Mais Anibal débarque avec sa bouille désarmante, et peu à peu Edgar craque. À la fin de l'été, Edgar doit partir en pension. Être séparé d'Anibal ? Impossible. C'est la fugue.

La maison aux 52 portes / Évelyne Brisou-Pellen

Maïlys sent qu'elle devient folle. La vieille bâtisse où sa famille vient d'emménager cache un secret. Derrière les nombreuses portes de la maison, Maïlys entend des voix, croise des silhouettes surgies du passé. Quel message tente-t-on de lui transmettre ?

Le cri du loup / Melvin Burgess

Ben a commis une grave erreur en révélant à un chasseur qu'il existait encore des loups dans le sud de l'Angleterre. Car ce chasseur est un fanatique, constamment à la recherche de proies inhabituelles. Très vite, l'homme n'a plus qu'une idée en tête : exterminer les loups jusqu'au dernier.

Le voleur de rapaces / Melvin Burgess

Approcher un rapace aussi rare que le milan royal : Thomas en rêvait. Et voilà que l'oiseau a fait son nid tout près de chez lui, sur les terres où son père est garde-chasse ! Pour Thomas, c'est une chance unique de compléter sa collection d'œufs. Mais le milan royal est une espèce protégée : il est totalement illégal de dérober ses œufs...

Mémoires d'un sauvage / William Camus

Mon père est un Indien iroquois et ma mère est blanche. J'ai grandi au milieu des neiges, des chiens de traîneau et des ours. Quand je suis né, le sorcier de la tribu a lu dans les osselets que j'aurais un avenir extraordinaire, et les osselets magiques ne mentent jamais ! Je vais vous raconter...

Akita / Bernard Clavel

Akita, chien fidèle et heureux, est enlevé par des voleurs. Enfermé dans un chenil où il est maltraité, il n'a qu'une idée en tête : retrouver ses maîtres. Akita parvient à s'échapper et marche jusqu'à l'épuisement. Lorsqu'il arrive enfin chez les siens, il s'aperçoit qu'un autre chien a pris sa place.

La louve du Noirmont / Bernard Clavel

Sous la pleine lune de février, la meute des loups frémit. Au milieu de la clairière, Berg – superbe mâle – se livre à un combat sanglant pour Silva, la plus belle des louves. Vainqueur, Berg s'en va avec sa nouvelle compagne chercher une tanière où vivre la saison des amours et donner naissance à trois petits. Mais après le bel été vient brutalement l'automne : commencent alors la chasse et la longue errance des loups...

La dernière corrida / Vincent de Swarte

Séville, feria d'avril : Pavel, un jeune Français tenté par l'écriture, rencontre un vieil écrivain alcoolique dont les mains, par on ne sait quel mal mystérieux, sont immobiles depuis un lointain séjour à Cuba. Dans la chaleur de cette ville où, le soir, les femmes dansent le flamenco, débute une relation sans détour entre les deux hommes, qui les mènera sur les gradins de l'arène pour un ultime sacrifice, « La dernière corrida ».

Le journal de Zlata / Zlata Filipović

1991 : Zlata a onze ans et vit à Sarajevo. Elle tient un journal où elle raconte sa vie quotidienne. Mais la guerre éclate : l'univers tranquille de la petite fille s'effondre pour faire place à la peur, la colère et l'incompréhension. Elle pleure son enfance volée mais continue d'écrire et de témoigner, comme Anne Frank, à qui elle pense souvent.

J'irai te voir... (Le chemin de sable - 1) / Pascal Garnier

Cité H.L.M. de Dunkerque. La télé hurle, les parents ne sont pas là, ou alors seulement pour donner des claques. Et l'école ? oubliée... Vincent a de quoi avoir le blues, et même la haine ! Alors il part. Oh, pas si loin, non ! Raymond, son oncle habite au bord de la mer... Voilà un horizon qui donne envie de vivre. Et sur la plage, Véronique...

La neige au cœur (Le chemin de sable - 2) / Pascal Garnier

Bientôt Noël. Vincent marche seul, sans un sou. Le chemin jusqu'à Véronique semble si long... Par un jour de neige et de glace, il rencontre un écrivain excentrique et généreux. Vincent découvre alors la solidarité et le goût du rire. Mais le désir de retrouver Véronique est le plus fort. Vincent reprendra la route, le cœur réchauffé.

C'était juste après la guerre / Giorda

Pour la première fois, Jérôme quitte Marseille et ses parents. Il va passer deux mois de l'été 48 dans un petit village du Vercors. Il y découvre la campagne et rencontre un jeune Allemand, dont la présence suscite la haine des habitants. Peu à peu, Jérôme prend conscience des horreurs de la guerre mais il n'accepte pas l'esprit de vengeance.

Au nom de tous les miens / Martin Gray

Du ghetto de Varsovie au camp de Treblinka, face à la mort qui frappe tous les siens et qui le frôle si souvent, Martin sait que sa seule arme est sa vie. À dix-sept ans, il prend tous les risques, connaît les souffrances les plus terribles mais n'abandonne jamais.

La maison cannibale / Gudule

Depuis que Quentin a déménagé, sa vie est un cauchemar. Des rêves obsédants empoisonnent ses nuits. Dans les couloirs sombres de la vieille demeure, la peur rôde... Heureusement, Suzy est là, avec son charme ravageur. Le mystère, elle adore! en compagnie de sa super-tata, Quentin va affronter l'innommable. L'humour et la bonne humeur triompheront-ils des pièges de l'au-delà ?

Toufdepoil / La folle cavale de Toufdepoil / Claude Gutman

Sa maman partie, Bastien a dû apprendre à vivre seul avec son papa et Toufdepoil, son chien. Mais soudain tout est remis en question. Belle-Doche s'installe à la maison et déclare la guerre à Toufdepoil.

Pistolet-souvenir / Claude Gutman

Avec sa petite taille, ses vieux vêtements et ses piètres résultats scolaires, Petit-Pierre est devenu la brebis galeuse et le souffre-douleur de la 6e D. Mais le jour où il débarque dans la classe, le visage tuméfié, plus personne ne rit. Julien décide de l'aider.

Béquille / Peter Härtling

1945 à Vienne. Thomas erre seul au milieu des ruines de la ville. Dans le désordre général, il a perdu sa mère. Il rencontre un homme qui sautille sur une jambe et qui se fait appeler Béquille.

Le garçon qui voulait absolument aller à l'école / Veronica Hazelhoff

Quand Arthur a décidé quelque chose, impossible de le faire changer d'avis. Et quand Arthur est amoureux, il est prêt à tout pour voir celle qu'il aime. Ce n'est pas cette énorme tempête de neige qui l'empêchera d'aller rejoindre sa Monica à l'école, ça non!

La musique des dauphins / Karen Hesse

Vivre au milieu des dauphins, parler leur langage, nager sans crainte, c'était la vie de Mila... avant qu'elle ne soit recueillie par des scientifiques. Mila découvre alors avec plaisir le monde des hommes. Mais elle souffre de l'avidité, de l'hypocrisie, de la méchanceté. Elle regrette sa vie d'avant, sa liberté au milieu de ceux qui sont sa vraie famille : les dauphins...

L'histoire d'Helen Keller / Lorena A. Hickok

Quel avenir peut avoir une petite fille de six ans, aveugle, sourde et muette ? Les parents d'Helen sont désespérés jusqu'au jour où Ann Sullivan arrive chez eux pour tenter d'aider Helen.

La bille magique / Minfong Ho

Dix ans après, Dara se souvient. Elle a douze ans. Avec sa famille, elle fuit son village natal au Cambodge, ravagé par la guerre. Réfugiée dans un camp à la frontière thaïlandaise, elle se lie d'amitié avec Jantu, une fille de son âge. Mais les combats se rapprochent. Il faut repartir.

Pique et pique école et drame / Jo Hoestlandt

Je me suis fait choper par la prof d'histoire-géo, des objets volés plein les poches. Ça n'a pas loupé : elle a convoqué ma mère. Maman, quand elle a appris ça, m'a flanqué une énorme claque. « Tu sais où il est ton père ? a-t-elle ajouté. En prison. »

La protestation / Guy Jimenes

Bruno enrage. Son père, arrêté au cours d'une manifestation contre la dictature, est porté disparu. Sa mère et les villageois entendent répondre de façon non violente à l'ultime opération de propagande organisée dans le pays par le pouvoir militaire. Bruno, lui, veut venger son père...

En attendant Éliane / Alain Korkos

Derrière le comptoir de sa pâtisserie orientale, monsieur Simon attend. À côté de lui, une vieille poupée. C'est celle d'Éliane, sa sœur qu'il n'a pas vue depuis des années... Depuis la fameuse nuit du 16 juillet 1942, où la rafle du Vel d'Hiv les a séparés...

L'enfant noir / Camara Laye

Un jeune écrivain de 25 ans décide de raconter son enfance africaine, en Haute-Guinée. Mais, au-delà d'un récit autobiographique, il nous restitue, dans toute sa vérité, la vie quotidienne, les traditions et les coutumes de tout un peuple. Avec cet Enfant noir, *Camara Laye nous offre un livre intemporel plein de finesse et de talent.*

La fille du canal / Thierry Lenain

Sarah a onze ans. Elle déambule, insensible au froid, le long du canal. Depuis quelque temps, elle n'est plus la même. Son institutrice semble être la seule à le remarquer : pourra-t-elle aider Sarah à parler et révéler son terrible secret ? Sarah pourra-t-elle oublier cet homme qui lui a fait tant de mal ?

Un pacte avec le diable / Thierry Lenain

Roxane ne supporte plus le compagnon de sa mère et fugue pour rejoindre son père. Mais il est absent pour quelques jours ! Où aller en attendant son retour ? C'est alors qu'elle rencontre David par hasard. Le jeune homme l'accueille chez lui. Très vite, Roxane découvre qu'il se drogue. Elle va tenter de l'arracher à son enfer. Réussira-t-elle ?

Je ne suis pas un singe / Virginie Lou

Dans le vestiaire, le gros Didier m'a attrapée par les cheveux. L'air a glacé mon ventre. Le gros Didier avait enlevé mon slip. Il se tordait de rire, et avec lui des dizaines de garçons, comme devant les singes en cage. Derrière ma bouche fermée s'amasse le silence qui me donnera, à moi la plus timide de la classe, la force de me venger. Je ne suis pas un singe.

Des mouettes plein la tête / Claire Mazard

Quel réconfort Anouk trouve-t-elle à contempler la Seine du haut du point de Tolbiac ? Quel chagrin dissimule-t-elle ? Perdue dans sa rêverie, elle ne remarque pas Sébastien qui l'observe. Avec patience et attention, il saura dénouer le silence d'Anouk, lui redonner confiance, la faire rire à nouveau...

Adieu, mes douze ans / Betty Miles

Annie et Pamela s'entendent parfaitement. Elles pensent que douze ans est un âge merveilleux. Mais bientôt elles perçoivent des petits changements dans la vie, autour d'elles : une amie commence à se maquiller, une autre glousse en présence des garçons... Un jour, Pam annonce qu'elle va déménager...

Sans nom ni blason / Jacqueline Mirande

Nous sommes au Moyen Âge. Enfant trouvé dix-huit ans plus tôt, Guillaume semble avoir un destin tout tracé : serf du comte Bérard. Mais ce Bérard est une brute. Guillaume se révolte et s'enfuit. Sur sa route, il croise le mystérieux Bertrand, et cette fuite devient vite une quête : Guillaume veut découvrir sa véritable identité.

Un château pour Mahaut / Jacqueline Mirande

Mahaut, petite paysanne, se retrouve servante à la cour du seigneur. Jolie et vive, elle ne laisse pas indifférent le neveu du comte. La comtesse Isabelle ne supporte pas cette idée. Mais d'où vient cette sauvageonne dont l'histoire est bien mystérieuse ? La révélation sur ses origines va bouleverser sa vie, et celle de la cour.

Les neuf vies du chat Montezuma / Michael Morpurgo

Le chat Montezuma est un vrai héros ! La nature est son territoire et les hommes sont ses amis. Mais, non loin de la ferme, il va affronter neuf dangers... de mort ! Voitures lancées à toute allure, chiens bagarreurs, neige gelée : Montezuma toujours s'en sort !

L'enfant Océan / Jean-Claude Mourlevat

Une nuit, Yann réveille ses six frères aînés, tous jumeaux. Il faut fuir : leur père a menacé de les tuer. Irrésistiblement attirés par l'Océan, les sept enfants marchent vers l'Ouest. De l'assistante sociale au routier qui les prend en stop, du gendarme alerté de leur disparition à la boulangère qui leur offre du pain, chacun nous raconte à sa façon un peu de leur incroyable équipée.

La rivière à l'envers / Jean-Claude Mourlevat

« Ainsi vous avez tout dans votre magasin ? demanda la jeune fille. Vraiment tout ? » Tomek se trouva un peu embarrassé : « Oui... enfin tout le nécessaire... » « Alors, dit la petite voix fragile, alors vous aurez peut-être... de l'eau de la rivière Qjar ? » Tomek ignorait ce qu'était cette eau, et la jeune fille le vit bien : « C'est l'eau qui empêche de mourir, vous ne le saviez pas ? »

Une navette bien spéciale / Andrew Norriss

Une navette spatiale ! Tom et Geoff n'en croient pas leurs yeux. Ils ne pensaient pas faire une telle découverte durant cette sortie de classe, ça, non ! Mais les deux garçons ne sont pas au bout de leurs surprises : il suffit de monter à bord de la machine et d'appuyer sur un des gros boutons bleus... Hop ! Les voilà partis pour des découvertes... bien spéciales !

Cabot-Caboche / Daniel Pennac

Courageux, Le Chien ! Pas joli joli, mais un sacré cabot ! Comme il se bagarre pour vivre ! Ce qu'il cherche ? Une maîtresse. Une vraie, qui l'aime pour de bon. Pomme lui plaît beaucoup, au Chien. Un grand rire, des cheveux comme un soleil... Hélas, elle est tellement capricieuse ! Une vraie caboche, cette Pomme. Comment Le Chien va-t-il l'apprivoiser ?

L'œil du loup / Daniel Pennac

Dans un zoo, un enfant et un vieux loup borgne se fixent, œil dans l'œil. Toute la vie du loup défile au fond de son œil : une vie sauvage en Alaska, une espèce menacée par les hommes. L'œil de l'enfant raconte la vie d'un petit Africain qui a parcouru toute l'Afrique pour survivre, et qui possède un don précieux : celui de conter des histoires qui font rire et rêver...

Les colosses de Carthage / Michel Peyramaure

218 avant J.-C., Hannibal vient de prendre la ville de Sagonte, en Espagne : il a ainsi déclenché la Deuxième Guerre punique. Le général carthaginois décide de surprendre ses adversaires romains. Avec 50 000 fantassins, 9 000 cavaliers et 37 éléphants, les colosses de Carthage, il se dirige à marches forcées vers l'Italie en passant... par les Alpes.

La rédac / Évelyne Reberg

Éric n'a plus que quelques heures pour écrire sa rédac. Degré d'inspiration : zéro ! Alors il appelle Stéphane à la rescousse et parcourt la ville à la recherche d'idées. Entre franche rigolade et faux kidnapping, les deux amis vivent une folle soirée, fatale pour la rédac mais extra pour leur amitié.

La vie sans May / Cynthia Rylant

Pour Summer, douze ans, perdre May, celle qui a remplacé sa maman, est un événement très difficile à surmonter. Mais redonner le goût de la vie au vieil Ob, le mari de May, est encore plus difficile. Heureusement, elle est aidée par Cletus, un garçon de sa classe.

Les larmes de Djamila / Marc Séassau

J'ai treize ans et chez moi, je déteste. Enfin, c'est mon beau-père que je déteste. Heureusement, au collège, il y a Djamila, ma meilleure amie. Toutes les deux, on rêve de partir dans son pays. Je devrais dire : on rêvait. Parce que, aujourd'hui, Djamila est à l'hôpital. Elle a été battue à cause de la couleur de sa peau. Et peut-être à cause de moi.

Double Jeu / Marc Séassau

Devant son ordinateur, Philippe, garçon solitaire et timide, devient un héros prêt à tout pour sauver la belle Khaysuân. Avec elle, il oublie l'ennui du collège, l'absence de son père et la monotonie de sa vie, seul avec sa mère. Mais l'arrivée d'une nouvelle élève dans sa classe va tout bouleverser : elle est le sosie de Khaysuân ! Où se situe alors la limite entre jeu et réalité ?

La petite Blück / Frank Secka

« La petite Blück, au début, je l'ai pas trouvée sympa du tout. Mais, cette année-là, comme y avait personne d'autre, j'ai bien été obligé de jouer avec... Voilà. Même qu'à la fin, je dirais pas que j'ai été amoureux d'elle (je suis pas bête à ce point-là), mais bon... Disons que je l'ai trouvée un peu moins énervante. »

La chasse aux enfants / Bertrand Solet

Para, Marcela, Andréa-Luiz... tous sont des enfants de la rue... Leur territoire : la favela. Leur famille : la bande de Carlos. Dans cet enfer quotidien, il faut se battre pour avoir de quoi manger. Voler les touristes, cirer les chaussures ou fouiller les décharges : voilà leur école de tous les jours.

Le secret / Jacqueline Woodson

Marie a douze ans. Elle est noire. Sa famille vit dans l'aisance. Lena, elle aussi, a douze ans. Elle est blanche. Et pauvre. Au collège tout le monde la rejette. Sauf Marie. Une amitié profonde, faite de moments de bonheur, de complicité, de confidences. Mais les choses insoutenables que Lena finit par raconter à Marie sont-elles vraiment possibles ? A-t-on le droit de les tenir secrètes ?

Composition : Francisco *Compo*
61290 Longny-au-Perche

Imprimé en France sur Presse Offset par

BRODARD & TAUPIN

GROUPE CPI

13853 – La Flèche (Sarthe), le 24-07-2002
Dépôt légal : août 2002

POCKET *jeunesse*
12, avenue d'Italie • 75627 PARIS Cedex 13
Tél. : 01.44.16.05.00